H. de Graffigny.

LE TOUR DU MONDE EN AUTOMOBILE

Collection A.-L. GUYOT, 51, Rue Monsieur-le-Prince, PARIS

20 Centimes — Algérie, Colonies et Etranger : 25 Centimes *(Port en plus*

554

LE TOUR DU MONDE EN AUTO

H. DE GRAFFIGNY

LE
TOUR DU MONDE
En Auto

TOME DEUXIÈME

PARIS
Collection A.-L. GUYOT
51, rue Monsieur-le-Prince, 51

Le Tour du Monde en Auto

CHAPITRE IX

DANS LES STEPPES DE LA SIBÉRIE

Deux mille trois cents verstes, soit deux mille quatre cents kilomètres de France, séparent Ichim d'Irkoutsk, et *Passe-Partout* guidé alternativement par ses deux passagers, mit dix jours à effectuer ce ruban de route correspondant au trajet de Paris à Vienne aller et retour. La moyenne n'était pas brillante, comme disait Cordouan, mais cette lenteur relative fut occasionnée par divers incidents qui méritent d'être retracés.

L'arrivée de l'automobile dans la plus ancienne ville de Sibérie — Ichim a été fondée en 1630 — causa un vif sentiment de curiosité, et les motoristes durent subir à nouveau les ennuis de la célébrité. Une foule compacte, attirée par le bruit du moteur, suivit la voiture jusqu'à son arrêt devant la maison de police où les Français comptaient se renseigner.

La formalité de l'examen obligatoire des passeports une fois réglée, le chef de poste, un Russe natif de Moscou, s'empressa de donner aux voyageurs toutes les indications nécessaires, tant pour leurs achats de vivres et de pétrole qu'au sujet de l'abri qu'ils cherchaient pour la nuit.

— Voilà quatre jours que nous couchons sous la tente, avait déclaré Cordouan, et je réclame un vrai lit.

Il ne devait pas tarder à regretter cette folle demande et à reconnaître que son sac fourré et son lit de sangle étaient encore préférables aux lits sibériens, dont les matelas paraissaient bourrés de tous les silex de l'Oural.

Le comte de Chavail ne put s'empêcher de témoigner au chef des gardavoï l'ennui que lui causait la tenace curiosité des indigènes accourus pour contempler de près la voiture sans chevaux. Celui-ci s'empressa de le rassurer et donna quelques ordres à ses hommes.

Aussitôt ceux-ci sortirent comme un ouragan hors du poste et, à grands coups de bâton sur les épaules des badauds, ils dissipèrent en moins d'un instant l'attroupement.

— Ah ! ah ! s'esclaffa Cordouan, en considérant la dextérité des policiers à manœuvrer leurs gourdins, voilà de braves Cosaques qui n'ont pas besoin d'aller demander des leçons de passage à tabac à nos excellents sergents de ville parisiens.

Les Français, guidés par un Cosaque, se rendirent au meilleur hôtel de la ville, mieux achalandé depuis qu'Ichim est une station du chemin de fer transsibérien. Ils firent honneur à la cuisine sibérienne, bien que les sauces de certains plats présentassent un goût bizarre et ne rappelant que de fort loin celui des mets servis à l'hôtel Régina ou même au *Dîner de Paris*. Fatigués par la longue traite qu'ils avaient fournie à travers le steppe, ils ne pensaient qu'à s'étendre, enfin débarrassés de tous vêtements, entre deux draps.

Mais si le linge ne laissait rien à désirer en tant que propreté, les matelas étaient tout ce qu'on peut rêver de moins moelleux et l'infortuné Cordouan passa une nuit déplorable sur son lit de torture.

— Estime-toi encore heureux, lui dit gravement Chavail, que nous ne soyons pas en été et d'avoir à te plaindre seulement de l'état un peu raboteux du couchage.

— Et pourquoi, s'il te plaît ?...

— Parce que je crois fort qu'en toute autre saison, il nous eût fallu lutter contre une armée de parasites aptères des plus désagréables.

— Des punaises ! c'eût été complet, alors !

— Des punaises et encore d'autres insectes sibériens qui fourmillent au moment des courtes mais intenses chaleurs de l'été. Donc, ne récrimine que modérément contre l'inconfort des hôtels de ce pays.

— Il est vrai que des punaises, c'est moins dangereux que des loups, et, sous ce toit, nous sommes au moins à l'abri de ces rôdeurs des steppes.

— Donc, prenons les choses philosophiquement et accommodons-nous au mieux des circonstances.

Sur cette conclusion, les jeunes gens se levèrent. Ils firent une toilette minutieuse et descendirent à la salle à manger.

Quelques instants plus tard, après avoir garni les soutes de vivres frais pour la journée, les deux compagnons regagnèrent *Passe-Partout* et se dirigèrent vers l'est.

Une heure plus tard, le steppe d'Ichim était traversé et ils atteignaient le village d'Abatskoé, sur la grande route de Moskou à Irkoutsk. A partir de ce moment, l'auto ne risquait plus de s'égarer, et il n'y avait « qu'à suivre tout droit », comme dit Cordouan, pour arriver à la capitale de la Sibérie.

Le temps était sombre : dans un ciel grisâtre s'appesantissaient de lourds nuages de couleur plombée, et le froid atteignait douze degrés.

— Nous aurons de la neige avant qu'il soit longtemps, déclara de Chavail en considérant le ciel.

— Bah ! cela ne nous importe plus, maintenant que nous sommes sur la bonne route.

Le comte secoua la tête d'un air soucieux sans répondre.

A dix heures du matin, *Passe-Partout* faisait son entrée dans Omsk, ville de 35.000 âmes et siège d'un important commerce. Comme toujours, l'auto produisit sensation, et les nombreux Kirghiz circulant à cheval dans les rues tortueuses de la cité demeurèrent ébahis devant cette voiture de *Chitane* (1). Mais ce sentiment eut un résultat avantageux, car ils se hâtèrent de déblayer le terrain, et Chavail put accélérer l'allure.

A la sortie de la ville, après la traversée de l'Yrtich sur un simple pont de bois, les voyageurs durent stopper un instant sur l'injonc-

_____

(1) Le diable.

tion qui leur fut adressée par le chef d'un pe-
loton de gardavoï — gendarmes russes — gar-
dant la route. Mais l'exhibition des papiers et
la qualité de Français des voyageurs modifiè-
rent instantanément le ton rébarbatif de l'officier qui s'excusa et se confondit en politesses.
Chavail put réembrayer et repartir à bonne vitesse.

Le sol était plutôt raboteux, mais les deux
amis étaient maintenant blasés sur le mauvais
état des chemins, depuis qu'ils avaient traversés la Suisse et l'Autriche-Hongrie, et *Passe-
Partout* roulait presque aussi vite que sur les
routes françaises. On était d'ailleurs constamment en palier, et on suivait une direction presque parallèle à la rivière Om, affluent de l'Yrtich, qui serpentait à travers le steppe.

A la nuit close, *Passe-Partout* s'arrêta à
Kainsk, où Chavail comptait trouver un gîte
pour la nuit. Il fallut se contenter d'un repas
sommaire d'œufs pondus depuis un mois car,
cette fois, le comte n'avait pas eu la main heu-
reuse dans le choix de son hôtellerie. Heureusement, Cordouan compléta le dîner par un
emprunt à la soute aux conserves, et une bouteille de vieux Saint-Emilion permit aux chauffeurs de ne pas trop regretter de s'être four-
voyés.

La journée du lendemain s'écoula sans encombre ni incident. De Chavail força un peu
la vitesse pour atteindre Tomsk le soir même,
et quatre cent cinquante verstes furent abattues en douze heures de marche. Jamais encore
on n'avait parcouru une telle distance en une
journée, et Cordouan, qui maugréait de la lenteur du voyage, se dérida quelque peu.

Vers trois heures du soir, l'auto avait fait un arrêt de quelques minutes à Kolyvan, grande ville manufacturière bâtie sur le fleuve Obi. Après la traversée du steppe de Baraba, la région devenait plus montueuse. Les collines appelées monts de Kolyvan, chaînon de l'Altaï, se dressaient à l'horizon et le terrain allait s'élevant constamment.

Cordouan n'eut qu'un regret : il eût voulu apercevoir un train à la station du transsibérien, dont on traversa la voie un peu après que l'auto eut laissé derrière lui le grand fleuve asiatique. Mais la ligne était déserte et il ne put entendre le hennissement d'aucune locomotive.

— Il n'y a pas souvent des trains sur cette ligne-là, fit-il, et je doute que la compagnie qui l'exploite fasse de bien brillantes affaires.

— Il n'en est pas moins certain, répliqua son compagnon, que le chemin de fer sibérien rend de très réels services aux régions qu'il traverse et que, lorsqu'il sera complètement achevé sur toute sa longueur, il constituera l'une des plus grandes et des plus utiles artères du globe.

Mais aux rampes succédaient de longues descentes que *Passe-Partout* osait dégringoler à toute allure. L'Arlberg était loin, et ses péripéties oubliées. Son conducteur le dirigeait avec une précision, une maëstria extraordinaires et les verstes succédaient aux verstes. A la nuit, les deux fanaux furent allumés et les deux intrépides motoristes continuèrent à rouler, mais à vitesse plus modérée, jusqu'à Tomsk.

— Ce ne sont pas les charrettes qui nous obligeront à ralentir comme en France, dit Cordouan. Les routes, dans ce pays-ci, sont un peu moins encombrées et on ne risque pas d'aller tamponner par l'arrière un véhicule impossible à distinguer dans la nuit.

Les deux amis couchèrent donc ce soir-là à Tomsk, cité de vingt-cinq mille âmes qui se dresse sur la rive droite du Tom, rivière tributaire du vaste Obi. Mais quand, le lendemain 1er mars, ils se préparèrent à partir, un même cri de surprise leur échappa :

— La neige !...

La neige, que le comte de Chavail prévoyait depuis deux jours, tourbillonnait, en effet, en flocons serrés, et une nappe blanche, qui allait s'épaississant sans cesse, recouvrait le sol. En même temps, le froid devenait plus âpre et le thermomètre accusait 14 degrés centigrades au-dessous de zéro.

— J'ai bien fait, je crois, d'activer un peu hier, dit de Chavail en hochant la tête : nous ne ferons pas beaucoup de chemin aujourd'hui, je le crains !

— Surtout par une température pareille, riposta Lucien. Il faut être enragé pour circuler par un temps bon pour les ours blancs plutôt que pour des chrétiens.

Toutes les issues de la cabine vitrée avaient été soigneusement calfeutrées, et la bouillotte d'eau chaude intercalée sur le trajet de la canalisation de refroidissement du moteur, maintenait une température supportable à l'intérieur de la logette. Mais on ne pouvait plus se risquer à coucher sous la tente et, coûte que coûte, il devenait urgent de gagner tous les soirs un endroit habité où l'on trouverait un toit hospitalier.

La circulation devenait difficile par l'effet de la neige : la plaine était uniformément

blanche jusqu'à perte de vue et le tracé de la
route se distinguait à peine au milieu de cette
immensité. De Chavail n'était pas sans inquiétude et il guidait prudemment l'auto qui roulait sans bruit comme sur un tapis de ouate.

Vers dix heures du matin, *Passe-Partout*
traversait un village planté au bord de la route
qui constituait sa rue principale. En consultant la carte, les motoristes constatèrent que
cette agglomération portait le nom peu har-
monieux de Tourounlaewa. Bien que la neige
continuât à tourbillonner encore plus dru, le
véhicule poursuivit son chemin sans que ses
conducteurs daignassent honorer d'un regard
l'architecture particulière des maisons. Ils
étaient blasés déjà sur les curiosités que l'immense empire russe pouvait renfermer.

On venait de traverser une petite rivière
entièrement prise par la gelée et qui devait
être un affluent de l'Obi, quand de Chavail
constata que le moteur paraissait fatiguer
anormalement. Il était tellement familiarisé
avec les moindres détails du mécanisme que
le plus petit dérangement lui apparaissait
immédiatement et qu'il le reconnaissait au bruit
particulier troublant l'harmonie des sons for-
mant la musique du moteur. Aussi stoppa-t-il
brusquement.

— Qu'est-ce encore ? questionna Cordouan
subitement tiré de la lecture du *Guide du mo-
tocycliste et du conducteur d'Automobiles* qu'il
avait extrait de la bibliothèque du bord.

— Je ne sais trop, le moteur tire depuis
quelques kilomètres et il faut que je cherche
d'où cela provient.

— Une insuffisance de graissage, peut-être ?

— Je ne pense pas ; l'oléopolymètre fonc-
tionne bien, et cela ne doit pas venir de là.

Tout en parlant, le comte avait serré son manteau de fourrures autour de lui, enfilé de gros gants de laine et empoigné sa sacoche d'outils. Il sauta à bas de la voiture dans la neige qui couvrait le sol déjà sous une certaine épaisseur.

— Ah bon ! dit-il au bout d'un instant, je vois ce que c'est.

— Est-ce grave ?...

— Assez, mais, je crois, réparable. C'est le tuyau d'amenée d'eau de réfrigération qui est crevé, sans doute par l'effet de la gelée. Le moteur, n'étant plus suffisamment refroidi, a chauffé anormalement. De là, les ratés et le manque de force que je constatais depuis quelques instants.

— Alors ?...

— Je vais remplacer le tuyau crevé par un autre, ou, ce qui sera encore plus simple, entourer l'endroit détérioré par un morceau de caoutchouc serré par une ligature.

— Bien. Pendant ce temps, je vais reconstituer notre provision d'eau qui s'est ainsi perdue en route, en tassant de la neige dans le réservoir.

Un quart d'heure plus tard, l'accident était réparé et *Passe-Partout* reprenait sa course, pendant que Cordouan, enfermé dans le couloir intérieur du véhicule, procédait à la préparation d'un repas « à l'européenne » sur son fourneau à pétrole.

Mais un malheur n'arrive jamais seul, et les Français allaient apprendre à leurs dépens la vérité de ce proverbe.

Plus de trois cents verstes avaient été franchies, malgré la neige, depuis Tomsk ; on venait de pénétrer dans le gouvernement d'Iénisséisk, et de Chavail se flattait d'atteindre bien-

tôt Atchinsk, où il comptait passer la nuit,
quand il perçut un claquement sec et le moteur
cala brusquement.

— Voilà encore du nouveau, s'exclama Cordouan. Nous sommes arrêtés, maintenant !

— Oui, et cela pourrait bien être plus sérieux que tout à l'heure, murmura son compagnon.

— La panne ! La pâle et visqueuse panne !...

— Et pour de bon, déclara le comte après
un instant d'examen. Ce n'est plus un simple
tuyau qui est fendu, c'est bel et bien une culasse de cylindre qui vient de claquer par l'influence du froid.

— Parbleu, à rouler par quinze degrés au-
dessous de zéro, ce n'est pas étonnant. Mais,
avons-nous au moins une culasse de rechange ?

— Oui, mais la réparation va demander bien
des heures, et nous ne pouvons affronter le
froid de la nuit sur cette route.

— Alors, que faire ?...

L'explorateur réfléchit un instant.

— Notre moteur a deux cylindres, fit-il ;
tâchons de marcher doucement avec celui qui
n'est pas endommagé et gagnons avant la nuit
le premier endroit habité où nous pourrons
nous abriter jusqu'à demain. Le jour venu,
nous procéderons au remplacement de la pièce
brisée.

— Nous sommes encore loin d'Atchinsk ?...

— Cinquante kilomètres environ.

Lucien eut un geste de découragement.

— Nous n'irons jamais jusque-là !...

— Je le crains. Aussi, tâchons de trouver,
le plus tôt possible, un coin quelconque pour
nous abriter.

Chavail remit le moteur en marche avec précaution, et le véhicule démarra à l'allure d'un
homme au pas. Les flocons de neige se faisaient plus rares, mais le froid redoublait
d'intensité. On roula pendant près d'une heure,
mais rien n'apparaissait dans la plaine blanche. Cordouan commençait à craindre d'être
obligé de coucher dans la voiture, quand enfin
son compagnon poussa une exclamation de satisfaction.

— Là-bas, des tentes, s'écria-t-il. Nous sommes sauvés !

C'était une réunion d'une vingtaine de *yourtes*, sortes de tentes en osier recouvertes de
feutre, abritant quelques familles d'indigènes,
qu'avait aperçue le comte. En moins d'un quart
d'heure, comme la nuit se faisait complètement, *Passe-Partout* parvint à ce village et
stoppa à quelques mètres des tentes.

Le teuf-teuf du moteur avait attiré hors de
leurs habitations les occupants, dont l'effroi
fut manifeste à la vue de l'étrange véhicule
qui se mouvait de lui-même et que ses lan-
ternes éclatantes faisaient ressembler à un
monstre aux yeux de feu. Ils s'empressèrent
de disparaître sous leurs maisons de feutre
avec des cris de terreur, mais les Français les
suivirent et se glissèrent sans hésiter dans la
plus grande des tentes. Cordouan rassembla
toutes ses connaissances linguistiques et ha-
rangua, en un russe barbare, les Sibériens qui
parurent se rassurer peu à peu, quand ils eurent compris que le monstre aux yeux étince-
lants ne leur voulait aucun mal, et que, bien
au contraire, ses maîtres venaient leur demander l'hospitalité.

554

Ces indigènes étaient des Kalmoucks, peuplade nomade, dont les diverses tribus ou *aughis* circulent constamment dans un vaste périmètre, notamment en Dzoungarie, entre les monts Altaï et les monts Célestes, et vivent surtout du produit de leurs nombreux troupeaux. Les Kalmoucks, dont le vrai nom paraît être *Eleuths*, parlent un dialecte particulier, mais beaucoup entendent le russe, car ils sont sous la domination de la Russie qui les gouverne. Les Français étaient justement tombés sur un *khoton* ou campement appartenant à l'*aïmak* — clan — des Torgoutes, voyageant dans les plaines situées entre l'Obi et l'Iénisséi, et qui est en constantes relations avec les commerçants russes.

Enfin, le résultat espéré par Chavail, qui écoutait la conversation sans pouvoir s'y mêler, vu son ignorance de la langue, fut atteint. L'hospitalité réclamée fut accordée, et les Kalmoucks offrirent aux arrivants tous les aliment dont ils disposaient, et surtout le fameux koumys, lait de jument fermenté qui fait, avec le suif, le délice de ces peuplades. Mais les Européens refusèrent poliment, préférant incontestablement à ces mets exotiques le contenu de la soute aux vivres. Ils avaient un abri pour la nuit, c'était tout ce qu'ils désiraient. Cependant, ils acceptèrent une tasse de ce thé en briques dont il est fait une si grande consommation en Asie, et l'offre d'additionner ce liquide d'une ample proportion de vodka, cette eau-de-vie russe qui réveillerait un mort, eut pour effet d'accroître encore la vénération des indigènes envers leurs hôtes mystérieux.

Les dégâts subis par le moteur, cette âme de l'automobile, étaient plus graves que le

comte ne l'avait supposé, et la journée tout entière du 2 mars fut occupée par le travail de
réparation. Outre la culasse fendue par le
froid, il fallut changer les segments du piston
et la bielle qui s'était légèrement faussée. Puis,
le moteur remis en état, il fut nécessaire de
ressouder le tuyau d'alimentation, la réparation de fortune faite sur la route étant insuf-
fisante et laissant suinter l'eau. Cela fait, de
Chavail songea aux pneumatiques et changea
une enveloppe usée jusqu'à la toile par les as-
pérités des chemins sibériens. La nuit était venue pendant ces diverses opérations et force
fut de remettre la continuation du voyage au
lendemain.

Les deux amis durent donc être une seconde nuit les hôtes des Kalmoucks, qui avaient
suivi avec une curiosité bien gênante par instants, les phases du travail entrepris par ceux-
ci. Et ce fut au bruit des hourras sauvages de
ces naïfs enfants du désert, entièrement conquis par le don du restant de la provision de
vodka du bord, que l'automobile, enfin radou-
bée, se remit en marche.

Le froid était toujours très vif, mais la neige s'était arrêtée de tomber. Un pâle rayon de
soleil glissait même entre de longs stratus et
illuminait la vaste étendue glacée. *Passe-Partout* ne tarda pas à retrouver la grande route,
et, en moins d'une heure, il entrait dans Atchinsk, où de Chavail renouvela sa provision
de pétrole.

A midi, le véhicule atteignait enfin Krasnoiarsk, dont le nom signifie *falaise rouge*, et
les jeunes gens s'arrêtaient à la gare du Transsibérien pour faire, au buffet de cette importante station, un repas un peu mieux préparé

que ceux dont ils avaient dû se contenter depuis quelques jours.

Ils purent se convaincre que les voyageurs qui vantent les buffets de la grande ligne du transasiatique n'avaient pas exagéré, car la cuisine était réellement excellente et l'équivalente de celle des meilleurs hôtels européens. Ce n'était pas, certes, la cuisine française sans rivale au monde, mais les mets étaient savoureux et le service parfait. Toutefois, sans l'aide de Cordouan qui se gargarisait le plus consciencieusement du monde avec les vocables difficultueux de la langue moscovite, le comte de Chavail eût été fort embarrassé pour se faire comprendre, personne ne parlant le français à Krasnoïarsk.

Par suite de la persistance du froid, le fleuve Iénisséi était pris dans toute sa largeur, et *Passe-Partout* put s'engager sans crainte sur la glace. Mais un événement que son conducteur n'avait pas prévu se produisit : sur cette surface polie, l'adhérence était nulle, et les roues se mirent à patiner, tandis que le moteur s'emballait inutilement.

— Qu'allons-nous faire, demanda Cordouan un peu décontenancé.

Je ne vois qu'un moyen, répondit, après un instant de réflexion, Chavail, c'est de garnir le pourtour des roues de pointes de fer que l'on maintiendra à l'aide d'une torsade de ficelle roulée autour du pneu et de la jante.

— Allons, recommençons à lutiner madame la panne ! soupira, d'un ton résigné, l'infortuné Cordouan, abandonnant, sans un soupir, le chaud abri de la cabine.

L'arrière de la voiture fut soulevé à l'aide du cric, et les deux amis s'occupèrent, avec une ardeur fiévreuse, à ajuster des pointes, prises dans un tiroir de l'armoire aux outils, sur toute la périphérie des deux pneumatiques des roues d'arrière. Chacun d'eux prit une roue et, en une heure, *Passe-Partout* se trouva « ferré à glace », suivant l'expression du facétieux Parisien.

L'Iénisséi, l'un des plus grands fleuves de Sibérie, avec l'Obi et la Léna, a un parcours de 4.300 kilomètres, et sa largeur, à Krasnoïarsk, n'est pas inférieure à 1.500 mètres. Il roule en ce point un volume d'eau comparable à celui du Danube à Vienne, volume qui est doublé un peu plus loin par l'addition à sa masse des eaux de la Verkhnaïa-Tongouska et des deux autres rivières également désignées sous le nom de Tongouska moyenne et inférieure. Il fallut plus d'un grand quart d'heure à l'automobile pour passer d'une rive à l'autre, mais on retrouva, de l'autre côté, la route d'Irkoutsk, dont le sol devenait malheureusement de plus en plus détestable.

— Nous aurons bien de la peine à gagner la capitale de la Sibérie, grogna Lucien, avec des chemins aussi impossibles !...

On fit étape, ce soir-là, à un bourg de faible importance, Kansk, petite ville fortifiée, située à deux cents verstes de Krasnoïarsk. On n'avait pas, en somme, encore trop mal marché cette journée-là. Il n'y avait plus qu'une étape : Nijni-Oudinsk, avant Irkoutsk.

Les deux jours de marche séparant Kansk du Baïkal se passèrent heureusement sans encombre et sans incident remarquable. En se rapprochant de la grande cité sibérienne, on pouvait constater que la région était plus peuplée que celle de l'Yrtich. La route était sil-

lonnée de nombreux véhicules : télègues, ta-
rentass, kibitkas, et autres charrettes plus ou
moins primitives. L'automobile, qui causait
toujours la même émotion par son passage,
brûlait facilement tous ces équipages dont les
tracteurs — ces moteurs à avoine et à crottin,
comme disait Valcourt — manifestaient une
terreur folle en entendant le ronronnement du
moteur. Quelques-unes de ces nobles bêtes
s'emballèrent même, malgré les efforts de leurs
conducteurs, aussi épouvantés qu'elles à la vue
de cette voiture emportée par une force mys-
térieuse, et une ou deux carrioles furent jetées
dans les fossés, brancards et harnais fracassés,
mais il n'y eut heureusement, en résumé, en
fait de morts, ni tués ni blessés, et *Passe-
Partout* continua à dérouler le ruban de route,
verste par verste, toujours à sa même allure
régulière.

La route coupa une demi-douzaine de peti-
tes rivières, tributaires du grand fleuve sibérien ou de ses affluents secondaires, puis elle
longea les rives de l'Angara, reliées l'une à
l'autre par une épaisse croûte glacée. Enfin, le
6 mars, à cinq heures du soir, les Français pénétraient dans les faubourgs d'Irkoustk par la
porte de Tchernaïa. Ils étaient au cœur de la
Sibérie, et à mi-chemin de la traversée du
continent asiatique.

CHAPITRE X

IRKOUTSK

Irkoutsk, capitale de la Sibérie orientale, qui ne renfermait que 24.000 habitants en 1875, en compte, aujourd'hui, près de 52.000. Sa population a donc plus que doublé en un quart de siècle et elle continue à s'accroître, malgré la rigueur du climat sous lequel elle subsiste.

Si Krasnoïarsk est, suivant l'expression d'un voyageur, l'Athènes de la Sibérie, Irkoutsk en est l'Anvers, car c'est le centre le plus commerçant de cette immense contrée. Sa situation, sur la grande route de Moscou à Kiakta et en Chine en fait une place de transit de grande importance, que la construction du transsibérien a encore accrue. On y compte de nombreuses distilleries et tanneries, et c'est là qu'est édifiée la fonderie d'or par où passe tout le métal extrait des mines de la région. Il s'y tient en décembre une grande foire pour le trafic du thé qui vient de Chine et le commerce des pelleteries d'Irkoutsk arrivant par la Léna. C'est la résidence du gouverneur géné-

ral et d'un archevêque du rite gréco-russe, et
l'un des rares centres intellectuels de cette aride province.

Les deux Français, qui arrivaient de l'Ouest,
n'eurent pas besoin de franchir l'Angara, qui
décrivait un coude accentué avant de pénétrer dans la ville. Ils aperçurent toutefois le
confluent de l'Irkout, qui se jette dans l'Angara
un peu en aval d'Irkoutsk, et leur attention fut
surtout attirée par la vue des nombreux clo-
chers dépassant de tous côtés les maisons en
briques des marchands et industriels, et les
habitations plus modestes, simplement cons-
truites en bois, où logent les gens du peuple.

Lucien de Cordouan fut un peu étonné de
remarquer que certaines rues d'Irkoutsk étaient
assez régulièrement pavées et bordées de trot-
toirs de bois pour les piétons. Les portes des
maisons communiquaient avec la rue par des
ponceaux jetés sur de grands fossés pleins
d'eau longeant les façades. Quelques avenues
étaient même ombragées de bouleaux cente-
naires, alors dénudés de leur feuillage, mais
qui donnaient néanmoins grand air à ces rues.

Passe-Partout arriva enfin au cœur de la
ville, et des maisons en pierre, hautes de trois
et quatre étages, se dressèrent devant les Français qui n'en croyaient pas leurs yeux. Les
boutiques, pourvues de glaces et de devantures
en fer, portaient des enseignes en russe et con-
tenaient des étalages parfaitement agencés.

— Ma parole ! s'exclama Cordouan avec stupéfaction, nous ne sommes pas en Sibérie, nous
sommes revenus en Europe !...

— Et même en France, pourrait-on croire !
ajouta de Chavail.

— Que veux-tu dire ?...

— Lis cette enseigne ! prononça l'explorateur en lui désignant un immense écusson en tôle vernie suspendu à une potence au-dessus d'une boutique d'apparence engageante.

— C'est ma foi vrai !.murmura le jeune homme au comble de la surprise.

L'enseigne portait ces mots en pur français :

HOTEL DE PARIS

ON LOGE A PIED ET A CHEVAL

Restaurant français

— Des compatriotes ! fit Cordouan, non sans émotion.

— Peut-être. Arrêtons donc, nous verrons.

Le jeune comte ne s'était pas trompé. Le patron de l'hôtel était un Lorrain nommé Simon Mormonqué, natif de Dieuze, dans l'ancien département de la Meurthe, qui avait abandonné la France après l'annexion de son pays à l'Allemagne. Il s'était d'abord installé à Moscou, mais le succès n'avait pas répondu, malgré ses efforts, à ses aspirations. La capitale de la Sibérie s'enrichissait et se développait considérablement à ce moment. Alors l'exilé avait pris une grande résolution : il avait réalisé tout son avoir et était bravement parti pour le lointain Irkoutsk, où, enfin, ses peines avaient trouvé leur récompense.

— L'hôtel m'appartient, ajouta-t-il, non sans une pointe d'orgueil. Je l'ai fait rebâtir en pierre il y a trois ans, et j'ai entièrement renouvelé son mobilier à l'européenne, sans oublier les dernières améliorations du confort. Il y a salle de bains et d'hydrothérapie, salon de lecture avec la plupart des journaux européens, la lumière électrique dans toutes les chambres et le téléphone relié au réseau de la ville...

— Vous avez aussi un garage d'automobiles avec fosse de réparations et une chambre noire pour la photographie ? demanda railleur Cordouan.

— Pas encore, répondit sérieusement le Lorrain, mais cela viendra !

— Le jour où il existera de vraies routes en Sibérie, peut-être, conclut Chavail. En attendant, mon cher compatriote, laissez-moi vous féliciter de votre laborieuse et si méritée réussite, et croyez que nous sommes heureux d'avoir trouvé asile dans cette maison, la seule sans doute d'Irkoutsk où notre belle langue maternelle est entendue !

Les jeunes gens échangèrent une cordiale poignée de mains avec le digne maître d'hôtel, et, après les ablutions nécessaires, passèrent dans la salle à manger où un copieux repas « cuisiné à la mode de Paris » leur fut servi.

Le lendemain, 7 mars, était un dimanche, et le comte s'était proposé de consacrer cette journée à un repos bien mérité par quinze jours de voyage par des routes épouvantables. Il en profita pour visiter, en compagnie de Cordouan, les principaux monuments de la ville : la cathédrale, le musée minéralogique et la bibliothèque. Un coup d'œil fut donné, en passant, à la grande gare du transsibérien, constituant, à cette époque, le terminus de ce ruban de rails de plus de trois mille verstes, depuis Moscou, et qui a été prolongé depuis, jusqu'à Dalny-Port-Arthur et Vladivostock.

Lucien put enfin satisfaire sa curiosité et admirer un train qui venait d'entrer en gare. Il

constata que toutes les précautions avaient été
prises pour rendre le moins pénible possible
aux voyageurs cet interminable parcours à travers les steppes. Les longs wagons à couloir
présentaient tout le confort désirable, et l'on
n'avait à redouter, à bord de ces paquebots
terrestres, ni le froid rigoureux des longues
nuits, ni la fatigue, ni même l'ennui.

— C'est parfait, en vérité, parfait, murmura
le jeune homme, et sans calomnier notre *Passe-Partout*, on doit être à merveille dans les
sleepings et dining-cars de ce fameux transsibérien. N'est-ce pas, Pignon ?...

L'épagneul, qui ne quittait pas ses maîtres,
ne répondit qu'en frétillant de la queue, puis
il repartit en trottant pour aller flairer certains endroits où ses congénères sibériens s'é-
taient probablement oubliés.

— Si nous allions maintenant à la poste, fit
tout à coup Chavail.

— Pourquoi faire ? Comptes-tu donc trouver des lettres bureau restant ? demanda nar-
quoisement le Parisien.

— Je n'y compte pas, mais je tiens à télé-
graphier à l'Automobile-Club l'annonce de notre arrivée dans la capitale de la Sibérie. N'ou-
blie pas, mon cher ami, qu'ici finit, peut-on
dire, la civilisation, car nous ne suivons plus
de voies de chemins de fer ou de lignes télé-
graphiques pouvant nous mettre en relation
avec l'Europe, et, pendant des milliers de kilomètres, nous serons en plein désert de glace.

Lucien paraissait réfléchir.

— Sais-tu à quoi je pense ? dit-il au bout
d'un instant.

— Je ne m'en fais pas la moindre idée.

— Eh bien, c'est qu'il vaudrait mieux pas-

ser ta dépêche à un ami, à Valcourt, par exemple, en lui demandant une réponse.

— Je t'entends, mais sans comprendre où
tu veux en arriver.

— C'est bien simple, cependant, et je m'é-
tonne de ton défaut de perspicacité. Ne penses-tu plus déjà à Mlle de Puy-Mirande ?...

— Sa pensée ne me quitte pas, au contraire,
s'écria vivement l'automobiliste, mais quel
rapport ?...

— Eh ! tu sauras, au moins, ce qui s'est
passé, à Paris, depuis notre départ. Tu ne ferais pas mal, à mon avis, de t'enquérir des
faits et gestes du sieur Le Rosay.

— Tu as peut-être raison, je vais suivre
ton conseil et rédiger une dépêche en conséquence. Comme nous passerons encore toute
la journée de demain dans cette ville pour ra-
douber notre voiture, je pourrai recevoir la
réponse que je demanderai.

Après avoir rédigé et expédié son télégram-
me, le comte, suivi de son ami, termina son
tour de ville en admirant la singulière architecture des édifices sibériens, puis il rentra
dîner à l'hôtel de Paris.

— Il n'y a pas un théâtre où nous puissions
passer notre soirée, fit Cordouan.

— Penses-tu qu'Irkoutsk possède un Opéra
ou même un Odéon ? lui répondit son ami en
haussant les épaules.

L'hôte consulté déclara qu'il y avait parfaitement un théâtre, mais où des troupes no-
mades seules faisaient leur apparition à des
intervalles irréguliers. Pour l'instant, et par
suite d'absence totale d'acteurs, la salle était
obligée de jouer « Relâche ».

— La pièce qui a le plus de succès au mon-

de et que les théâtres reprennent le plus souvent, remarqua philosophiquement Cordouan.
Eh bien, nous ne sortirons pas, d'autant plus
que la température n'y engage guère, et, puisque l'Hôtel de Paris possède, parmi son matériel de jeu, un billard, nous ferons cent points,
tout simplement, comme de bons bourgeois du
Marais.

Mais, malgré ses prétentions, l'habile chasseur dut baisser pavillon, en ce noble sport du
billard, devant son ami qui suivait des séries
comme un véritable professionnel des quatre
bandes, et il fut outrageusement battu dans
ce match qu'il avait provoqué.

— Allons, dit-il, je suis battu à plate cou-
ture, hideusement vaincu, et je n'ai plus qu'à
aller cacher ma honte dans mon lit.

Ce qui fut fait, après, toutefois, l'absorption
d'une dernière rasade de liqueur alcoolique,
fabriquée dans les distilleries d'Irkoutsk et
baptisée d'un nom impossible.

Dès la première heure, le lundi, les deux
amis furent debout. Après avoir pris un bain
et déjeuné, ils s'occupèrent de la réfection de
Passe-Partout.

Le « Grand Hôtel de Paris » ne possédait,
hélas ! pas de fosse de réparation, et force fut
bien au comte de Chavail, de ramper sous le
véhicule pour atteindre certains organes du
mécanisme. Heureusement, il n'eut pas à faire
trop longtemps le serpent « à plat ventre sur
le dos », comme disait le facétieux Cordouan,
car tout était en bon état de ce côté.

Le moteur fut visité avec attention, et son
propriétaire changea les bougies d'allumage,
les clapets d'aspiration et les ressorts d'échap-
pement qui avaient perdu à la longue, leur

élasticité. La culasse mise en place dans le village kalmouk n'avait pas bronché. Pour éviter
le retour d'un accident analogue, Chavail força la proportion de glycérine contenue dans
l'eau de réfrigération, et, de 10 pour cent environ, la porta à 18. De cette façon, il n'était
pas à craindre qu'une nouvelle congélation
vint à faire éclater le métal, quel que fût l'a-
baissement de la température.

Les accumulateurs, ayant pu être rechargés
en cours de route à l'aide d'une petite batterie
de piles primaires, prirent la place de ceux en
service et qui étaient à peu près épuisés. La
charge de graisse caoutchoutée du changement
de vitesse fut complétée après que le jeu pris
par les engrenages par leur fonctionnement
prolongé, et qui les faisait breloquer, eut été
annulé. Ensuite, les deux hommes passèrent à
la voiture, dont un pneu et deux ressorts de
suspension durent être changés.

— Diable ! dit Chavail en se grattant la tête,
elle s'épuise, ma provision d'enveloppes ! Pourvu que nous n'en manquions pas avant d'arriver en un lieu civilisé où nous pourrons reconstituer notre stock !

La journée entière fut prise par ces diverses
opérations. Enfin, la carrosserie boueuse fut
soigneusement nettoyée, les vitres et les cui-
vres astiqués, et *Passe-Partout* reprit son aspect primitif, tel qu'il était au départ de Paris.

— Près de six mille kilomètres ont été par-
courus, et notre roulotte est encore comme
neuve ! déclara Chavail avec satisfaction.

— Oui, mais comme le couteau de Jeannot,
en changeant ses diverses parties au fur et à
mesure de leur usure ! riposta son ami toujours caustique.

A ce moment, un Russe vêtu d'une épaisse capote, coiffé d'une large casquette plate et portant un sac de cuir en bandoulière, fit son apparition conduit par le patron de l'hôtel toujours aussi obséquieux.

— Monsieur le comte, fit ce dernier avec empressement, c'est une dépêche que vous apporte le facteur du télégraphe.

— Ah ! ah ! s'exclama Cordouan, la réponse de Valcourt, sans doute !

De Chavail décacheta vivement et lut :

« Merci, bon souvenir. Félicitations pour « heureux voyage Paris-Irkoutsk. Baron Le « Rosay, parti en voyage aujourd'hui. Tout « en même état hôtel Puy-Mirande. Bonne « santé générale. Formons meilleurs vœux « pour suite de votre voyage. Amitiés. — DE « VALCOURT. »

— Allons, voilà un brave garçon, marmotta Cordouan qui lisait par-dessus l'épaule de son ami. Et il n'a pas ménagé la dépense pour sa réponse. Quarante mots à trente kopecks !

— Heureusement que de Valcourt n'en est pas à deux louis près ! répliqua Louis de Chavail qui avait entendu.

— Et tu n'as pas idée où ton rival a pu diriger ses pas ?...

— Comment veux-tu que je devine ? Je ne suis pas dans la pensée de ce monsieur.

— Enfin, l'essentiel est qu'il ait déguerpi. Tout ainsi est pour le mieux, puisque la santé générale est bonne, à ce que nous annonce Valcourt.

— Tu as raison, et maintenant que nous savons à quoi nous en tenir sur ce qui se passe à Paris, terminons notre besogne, conclut le comte.

Les deux amis firent l'inventaire de ce qui restait comme pièces de rechange, outils et provisions à bord de l'automobile, puis, la liste des objets à remplacer ayant été dressée, Lucien, en raison de sa connaissance de la langue russe, se chargea de courir les magasins de la ville pour se procurer tout ce qu'il pourrait trouver d'utile.

— Psst ! maître Pignon ! allons, gros paresseux ! commanda le jeune homme. Vous soignerez plus tard votre *flemmite* aiguë ; pour l'instant, en route !

L'épagneul répondit par de joyeux aboiements, et se mit à gambader autour du comte qui, après s'être assuré que son manteau fourré était bien ajusté autour de ses reins et que son portefeuille bien garni était à sa place, sortit de l'*Hôtel de Paris*.

Pendant son absence, Chavail procéda au réglage minutieux et à la vérification attentive des moindres détails du mécanisme entier. Enfin, satisfait du tout, il emmagasina dans les réservoirs la provision de pétrole nécessaire pour une longue route et il essaya le moteur et les transmissions.

— Allons, tout est bien ! murmura-t-il avec satisfaction, et nous pouvons nous remettre en route.

A ce moment, Cordouan rentrait de ses courses, précédant deux moujicks chargés de colis de toute espèce et de toutes formes. Maître Pignon fermait la marche en paraissant veiller attentivement sur les moindres gestes des porteurs.

— Voilà qui est fait ! dit le jeune hommes, et il ne reste qu'à embarquer mes achats dans *Passe-Partout*, si tu n'y vois pas d'inconvénient...

— Au contraire, riposta Chavail, mais laisse-moi te rappeler la maxime de Franklin
pour l'emmagasinement de tes produits.

— Quelle maxime ?...

— Une place pour chaque chose, et chaque
chose toujours à la même place !

— Au diable ton Franklin et ses proverbes !
Ne dirait-on pas que je n'ai pas d'ordre, moi
au contraire si méthodique et pondéré !...

— Je ne méconnais nullement tes grandes
qualités, mon bon Lucien, gouailla l'explorateur, et ce que je t'en dis, c'est simplement
pour qu'en un moment d'involontaire distrac-
tion tu n'ailles pas fourrer des jambons dans
l'armoire de toilette et des savons au milieu
de nos pièces de rechange ou dans la soute aux
munitions !

Mais Cordouan, très affairé, n'entendait pas
ces ironiques recommandations. Il avait disparu à l'intérieur de l'automobile et procédait
au rangement plus ou moins rationnel de ses
achats aux boutiques et bazars sibériens. Les
commissionnaires, débarrassés de leurs paquets, avaient quitté la place, soupçonneuse-
ment suivis pendant un bon moment par Pignon qui semblait flairer, en eux, une odeur
de terroir plutôt bizarre.

— Un mélange de suif, de cuir de Russie et
d'huile de foie de morue ! tel est le parfum
des indigènes de ce pays ! affirma Cordouan très
sérieusement à son ami. Rien d'étonnant à ce
que Pignon soit intrigué par ces senteurs hé-
téroclites !

Chavail ne put s'empêcher de sourire.

— Nous verrons, fit-il simplement, ce que

tu diras alors des Ostiaks dont nous allons traverser bientôt le pays.

— Et pourquoi ?...

— Parce qu'au dire des voyageurs, ces peuplades n'ont que deux vêtements superposés
et qu'ils gardent toute leur vie : l'un de cras-
se, l'autre en peau de renne. Je te laisse à sup-
poser le parfum.

— Pouah ! conclut Cordouan. J'aime encore
mieux alors les Kalmoucks !

Sur ces mots, la porte de la voiture fut
fermée et, après un dernier regard sur l'ensemble, les jeunes gens rentrèrent dans la
grande salle de l'*Hôtel de Paris*.

CHAPITRE XI

EN TRAINEAU A VOILES

— Combien de verstes à abattre encore avant l'étape ?...

Chavail se pencha sur la carte qu'il avait dépliée.

— Jusqu'à Kirensk ? interrogea-t-il.

— Jusqu'à Kirensk si tu veux, je n'ai pas de préférence, pourvu que j'aie l'espoir d'un toit pour abriter ma tête, cette nuit.

— Il est vrai, murmura le comte, comme se parlant à lui-même, qu'il est impossible, avec un froid aussi rigoureux, de coucher sous la tente. Il nous faut donc absolument gagner un endroit habité.

— Eh bien ?...

— J'estime que nous avons encore plus de cinquante kilomètres avant Kirensk, simple station militaire située au confluent de la Kireng et de la Léna.

— Cinquante kilomètres, dis-tu ? C'est tout ce que nous pourrons faire de les franchir avant la nuit.

— Et il est à peine deux heures !

— Oui ; trois jours pour parcourir moins de sept cents kilomètres, c'est navrant. Si nous continuons de ce train d'enterrement, nous mettrons au moins un mois pour traverser la Sibérie et atteindre le détroit de Behring.

— Mais que faire ?

— C'est à toi, chef de l'expédition, de le décider, et non pas à moi, ton obscur collaborateur ! Mais laisse-moi m'étonner qu'un explorateur de ton envergure n'ait pas fait entrer, dans ses prévisions, la difficulté de faire avancer une voiture quelconque sur un champ de glace.

— J'espérais que nos pneus ferrés auraient assez d'adhérence pour rouler sans grande déperdition de force.

— Et, contrairement à tes suppositions, nos roues patinent sur place et nous n'avançons pas. Pour moi, qui ne suis qu'un ignorant, je m'y attendais, et je comptais bien que les pointes et autres adjuvants de fortune dont nous avons essayé de munir nos pneus n'auraient qu'une efficacité tout à fait momentanée.

— Mais que faire, alors, que faire ?

— Tu donnes ta langue au chien ?... Tu entends, Pignon ?

L'épagneul, interpellé, se dressa vivement en frétillant de la queue comme si le friand morceau annoncé allait lui être octroyé.

— Tu ferais mieux de parler sérieusement ! dit de Chavail, non sans une pointe d'humeur. Si tu as un moyen de nous tirer d'embarras, sors-le sans plus lanterner.

— Là ! là ! ne te fâche pas. Tu fais appel à mes lumières, j'en suis très honoré, et je ne demande qu'à *nous* rendre service. Oui, en ef-

fet, il y a bien un moyen d'activer notre allure, et je m'étonne seulement qu'un savant de
ta trempe n'y ait pas songé plus tôt...

— Lucien !

— Etant donné, reprit impertubablement le
discoureur, que la difficulté qui nous empêche
d'avancer résulte de la nature du sol, laquelle
ne changera pas, sinon pour devenir pire encore, jusqu'aux confins de l'Asie et même plus
loin, je dis qu'il nous faut, de toute nécessité,
abandonner notre moyen de locomotion pour
adopter celui qui est seul possible en ce pays.

— Quoi, tu voudrais abandonner *Passe-Partout* ?...

— Qui te parle de cela ? Je dis simplement
que, puisque les roues patinent, il faut les
abandonner et les remplacer par un traîneau
qui patinera encore mieux qu'elles.

— Et comment avancerons-nous ensuite ?...

— Que tu es simple, mon pauvre ami ! Eh
bien, nous remplacerons le moteur à pétrole
par un moteur plus économique, par le vent
tout simplement !

— Quoi, tu voudrais...

— Installer notre auto, veuve de ses roues,
sur un support, ferré à sa partie inférieure.
Avec un mât solidement encastré et maintenu
par quelques haubans, avec deux voiles conve-
nablement orientées, nous irons incontestablement plus vite, à la surface de ces plaines glacées, que par tout autre moyen.

Chavail se dressa d'un mouvement subit et
comme illuminé d'une pensée soudaine.

— C'est ma foi très possible, s'écria-t-il, et
j'aurais dû y penser ! Les vents soufflent, dans
les régions que nous traversons, de l'ouest ou
du nord le plus souvent. Nous pouvons donc

parfaitement les utiliser, puisque nous marchons constamment vers l'est. C'est dit, nous allons nous arrêter à Kirensk pour y confectionner un traîneau à voiles !

— Dis, maintenant, que je n'ai pas de bonnes idées, homme de peu de foi !

— Je fais amende honorable, fit en riant le comte, et je reconnais désormais tes incontestables qualités inventives.

A huit heures du soir, *Passe-Partout* atteignait le fort et, en entendant les rauques appels de la trompe, quelques ombres soigneusement emmitouflées dans d'épaisses fourrures, pour se protéger contre un froid de 20 degrés, apparurent dans l'éclatant rayonnement des phares à acétylène.

— Halte-là ! commanda une voix rude. Qui êtes-vous ?...

Frissonnants sous l'âpre morsure de la bise, les deux amis firent quelques pas vers leurs interlocuteurs.

— Amis ! se hâta de répondre Cordouan, faisant appel à toutes ses connaissances de la langue russe. Nous sommes des voyageurs français qui demandons l'hospitalité.

Une des ombres s'approcha des arrivants.

— Suivez-moi, nous allons éclaircir cela !

Quelques instants plus tard, les deux amis, toujours suivis de leur compagnon à quatre pattes qui se faufilait derrière eux, pénétraient à l'intérieur d'une vaste habitation, entièrement construite en bois, et qui n'était autre que le bureau du commandant du fort Kirensk. Cordouan poussa un soupir de satisfaction en constatant la haute température qui régnait dans la salle et il enleva sa pelisse de fourrure, mouvement que de Chavail imita.

— J'attends des explications ! poursuivit
d'un ton rogue le commandant.

Fig. 0. — Halte-là ! commanda une voix rude.
Qui êtes-vous ? (Page 38)

De même qu'au fort Zurdéisk, dans l'Oural, et
à chaque étape, le comte de Cordouan dut commencer par exhiber ses papiers et s'évertuer
ensuite à expliquer la raison de sa présence
sur le territoire sibérion. A la méfiance succéda l'étonnement puis l'enthousiasme, et le chef
du fort, entièrement conquis, se mit à la disposition complète des voyageurs. De Chavail
put aller rechercher l'automobile et l'amener
dans la cour de la forteresse, pendant que le
commandant se démenait et donnait des ordres
multipliés à ses moujicks pour qu'un repas
plantureux fût vivement préparé.

Le chef du fort du Kirensk avait le grade
correspondant à celui de colonel. C'était un ancien hetman ou capitaine de cavalerie kalmouck. Il avait beaucoup voyagé en Asie et put
fournir de précieux renseignements aux Français sur les contrées qu'ils allaient avoir à traverser.

— Jusqu'à présent, dit-il, vous avez eu affaire aux peuplades les plus civilisées de la Sibérie, mais il n'en sera plus de même désormais. En effet, les Kirghiz, les Baschkirs, les
Bouriates sont en rapports constants avec la
civilisation par les nombreux fleuves et routes reliant la Sibérie occidentale à l'Europe,
tandis que les Yakoutes, les Youkaghiris, les
Toungouses, les Koriaks et autres tribus noma-
des circulant dans les plaines glacées où ser-
pente la Léna, n'ont qu'une très vague idée des
coutumes, des mœurs et surtout des inventions
modernes. Il est donc certain que votre moyen
de locomotion causera une émotion, sinon une
terreur universelle. De toute façon, soyez pru-
dents, si bien armés que vous soyez !

— Mais, dites-moi, fit Cordouan, la bouche
pleine, je n'ai pas encore vu jusqu'à présent de

déportés. Où sont donc les fameuses prisons dans lesquelles sont enfermés les détenus politiques ?

Le commandant se rapprocha de l'énorme poêle de faïence et secoua sa pipe dans le cendrier.

— Les déportés en Sibérie, répondit-il, se divisent en deux catégories : les simples exilés (*possilenyés*) et les condamnés aux travaux forcés (*katorga*). Ils se composent ensemble de cinq grandes classes : les grands criminels, condamnés aux travaux des mines pendant au moins vingt ans ; les ouvriers, qui doivent servir six ans dans les usines du gouvernement ; les domestiques astreints au service pendant huit années ; les laboureurs, employés aux défrichements durant la même période, et enfin, les vieillards et infirmes qui sont répartis dans les communes. Leur temps de punition terminé, tous les déportés peuvent rester en Sibérie, et ils sont traités par l'administration comme des colons libres.

— Mais les condamnés politiques, insista Cordouan.

L'ex-ataman des Kalmoucks n'eut pas l'air d'entendre et reprit :

— A leur arrivée en Sibérie, les déportés passent devant la commission supérieure de Tobolsk, composée du gouverneur général, des inspecteurs des mines et manufactures, et des principaux propriétaires de mines ou de fabriques auxquels les condamnés peuvent être cédés par l'Etat, moyennant redevance. Cette commission fixe la résidence et détermine l'ordre des travaux auxquels les prisonniers seront appliqués. La katorga s'accomplit dans les distilleries et fabriques du gouvernement, mais le régime le plus dur est celui de Nertschinsk.

En cas de refus de travail, de rébellion, de tentative d'évasion : les déportés sont envoyés aux compagnies disciplinaires d'Orembourg où le knout leur est souvent octroyé. Après les mines de vert-de-gris, qui sont très redoutées en raison de leurs émanations mortelles, les condamnés craignent surtout le traitement qui leur est infligé dans la forteresse d'Akatouïa, près de Nertschinsk. Mais je m'empresse d'ajouter que ces peines sont réservées aux grands criminels en rupture de ban, et que les condamnés pour délits politiques sont rarement exposés à les subir.

Pendant que le verbeux officier, très fier de la présence des Européens, parlait ainsi d'abondance, Cordouan et son ami achevèrent leur repas et purent diriger la conversation sur le point qui les intéressait plus spécialement. Dès les premiers mots, le commandant sursauta.

— Un traîneau ! vous voudriez installer votre voiture sur un traîneau ! s'exclama-t-il.

— Oui, déclara de Chavail traduit par Cordouan, car l'usage des roues comme moyen de propulsion sur ces plaines glacées et lisses devient presque impossible. Ainsi nous avons mis trois jours pleins pour venir d'Irkoutsk et parcourir 650 verstes, et cette lenteur me fait craindre d'allonger outre mesure mon voyage.

Pendant que le comte parlait, le chef du fort réfléchissait.

— Je crois que vous trouverez ici ce qu'il vous faut, articula-t-il enfin, et que Fédor Nicoléief, qui cumule à Kirensk les fonctions d'architecte et de charpentier, pourra vous construire rapidement ce que vous désirez. Mais laissez-moi vous engager fortement à vous adjoindre, pour la conduite de votre traîneau, un guide expérimenté et connaissant bien le steppe.

— Je ne demande pas mieux, fit vivement de Chavail, et si vous voulez bien me fournir un guide, je l'accepterai.

— Bon, en ce cas, je ferai prévenir Wasili Orskef demain, il fera absolument votre affaire !

Le lendemain, les deux Français, pilotés par un *idim*, grade qui correspond à celui d'adjudant, se rendirent au chantier de Nicoléief, où son propriétaire écouta placidement leur demande. Chavail avait dressé un croquis coté du traîneau, et le prix ne fut pas long à débattre.

— Ce sera prêt dans quinze jours, fit, pour conclure, le charpentier.

Cordouan, à ces mots, sauta en l'air.

— Quinze jours ! s'écria-t-il avec une vivacité qui parut considérablement surprendre son interlocuteur, quinze jours ! Pensez-vous que nous pouvons rester quinze jours en panne à Kirensk ?

— Mais..., mais..., balbutia le flegmatique Fédor.

— Ce n'est pas quinze jours que nous attendrons, déclara préremptoirement le jeune homme, ni même la moitié ou le quart. Mettez immédiatement à ce travail le nombre d'ouvriers que vous voudrez pour que tout soit terminé demain soir.

— Mais mes ouvriers sont aux offices, il est dimanche aujourd'hui !...

— C'est possible, mais cela ne contredit nullement ma demande formelle. D'ailleurs, nous paierons en conséquence.

— Dans ce cas, j'essaierai de vous satisfaire, mais c'est un tour de force que vous exigez.

— Non, conclut le comte, c'est simplement
un petit effort que les ouvriers de mon pays
exécuteraient sans se faire prier.

Le charpentier sibérien dut donc s'arracher
aux douceurs du *far niente* pour aller racoler
ses ouvriers, dispersés dans les cabarets bien
plutôt qu'à l'église, et organiser une équipe
d'une demi-douzaine d'hommes afin d'assem-
bler les poutres devant constituer le traîneau.
Alléché par la somme offerte, deux cents roubles, soit huit cents francs, l'industriel voulait
montrer que les ouvriers sibériens pouvaient
égaler, en rapidité, le cas échéant, les ouvriers
de France.

Le lundi soir à sept heures, le travail était
achevé, et le comte de Chavail versait au charpentier épanoui les deux cents roubles convenus.

Le traîneau était composé de deux poutres
jumelées, de huit mètres de longueur, garnies
sur leur face inférieure de rails dont le cham-
pignon était en contact avec le sol. L'automobile, ses roues enlevées, reposait, par ses fusées d'essieu, sur des cales de bois, disposées à
la hauteur voulue, et occupait une moitié de
la longueur du traîneau, l'autre moitié étant
prise par la tente, dont la bâche avait été in-
térieurement doublée d'un feutre épais pour
mieux conserver la chaleur intérieure. Un mât
de neuf mètres de haut, fait d'un sapin élancé,
se dressait au milieu du traîneau, auquel il
était relié par une solide emplanture et des
bambous. Une large voile carrée, ne mesurant
pas moins de quarante-cinq mètres carrés de
surface, était rattachée par deux vergues à ce
mât, et la voiture était complétée par un foc
tendu sur un beaupré et un hauban. Les deux

poutres parallèles, ou *semelles*, se redressaient
par une courbe gracieuse à l'avant pour soutenir le beaupré.

— Avec un pareil véhicule, vous allez voir
quelle rapidité fantastique vous obtiendrez !
annonça le constructeur satisfait de son œuvre.

Les Français passèrent encore cette soirée
avec le commandant de la forteresse de Kirensk qui leur présenta le fameux Wassili qu'il
leur avait chaudement recommandé l'avant-
veille. C'était un métis russo-sibérien, âgé de
quarante ans environ, et qui, après avoir été
marinier sur la Léna, s'était fait chasseur et
trappeur. Il connaissait à fond la configuration
de l'immense territoire de l'Asie orientale, et
son habileté à manœuvrer un *ici-boat* (traîneau à voiles) en faisait, en résumé, une recrue
précieuse pour les automobilistes, assez inha-
biles à diriger ce genre de véhicule, très employé dans les contrées polaires, où le sol reste
gelé et couvert d'une épaisse couche de neige
et de glace pendant la plus grande partie de
l'année.

La température s'était un peu relevée pendant les deux journées occupées par la construction du yacht terrestre, le thermomètre
était remonté à — 8, mais les longs cirrus qui
barraient l'horizon s'étant teintés d'un rouge
vif au moment du coucher du soleil, le commandant Rakoumowitch avait pronostiqué,
avec assurance, un ouragan prochain.

— C'est juste ce qu'il nous faut, répliqua
Cordouan. Nous irons plus vite et regagnerons
ainsi le temps perdu dans nos arrêts forcés.

Le brave commandant, habitué aux caprices
météorologiques du climat, ne s'était pas trompé dans ses prévisions. Le 16 mars, quand les

deux amis voulurent quitter leur hôte, qui était devenu leur ami, le vent soufflait par rafales et la tempête annoncée commençait.

— Ne partez pas encore, leur dit l'officier, laissez passer cette tornade qui ne tardera pas à s'apaiser, croyez-moi.

— Et ensuite, quel temps pensez-vous que nous aurons ?...

— De la neige, répondit sans hésiter l'officier.

— Alors, mon parti est pris, en ce cas.

— Vous restez ?...

— Nous partons immédiatement.

— Ah ! ces Français ! murmura admirativement le Russe. Ils ne craignent rien.

Les deux compagnons prirent congé du commandant Rakoumowitch après l'avoir chaleureusement remercié de son hospitalité et de tous les services qu'il s'était efforcé de leur rendre. Puis, après une cordiale poignée de mains, ils sautèrent à bord de leur nouveau véhicule pendant que le vent augmentait de violence et sifflait dans les agrès.

— En route ! commanda de Chavail.

Wassili raidit l'écoute de la voile qui se gonfla, et le traîneau démarra légèrement et sans secousse, tandis que les soldats occupant la forteresse et les habitants de Kirensk, accourus pour apercevoir les voyageurs européens, levaient les bras au ciel avec des exclamations d'étonnement.

Déjà l'immense steppe glacé s'étendait jusqu'à l'horizon sans un accident de terrain, morne, désolé et d'une infinie tristesse, et le traîneau accélérait de plus en plus son allure, volant avec la légèreté d'un oiseau à la surface de la plaine sans fin.

Le comte consultait la boussole avec attention.

— Direction plein ouest. Nous pouvons courir vent arrière et profiter de toute notre toile, murmura-t-il.

— Sais-tu que nous filons d'une rude vitesse ? fit Cordouan.

— Je m'en aperçois bien.

— Et combien estimes-tu que nous parcourons de kilomètres à l'heure ?

— Nous marchons à soixante au moins, sinon davantage. Et remarques-tu une chose ?...

— Quoi donc ?

— Que l'on ne sent presque plus de vent, malgré la vitesse de notre course ?...

— C'est ma foi vrai, constata après un instant le jeune homme, mais comment cela se fait-il ?...

— L'explication en est simple, et un aéronaute ne s'étonnerait pas de ce phénomène. Nous faisons partie de la masse atmosphérique en mouvement et elle nous entraîne avec la même vitesse qu'elle. Il en résulte donc que nous n'éprouvons presque aucune sensation de vent, plongés comme nous le sommes dans son action.

Pendant toute la journée, le traîneau glissa sans bruit, et avec une inconcevable rapidité qui remplissait d'aise Cordouan, à la surface du steppe. Les deux amis s'étaient installés sous la tente, où le fourneau à pétrole répandait une douce chaleur, et ils avaient laissé leur guide manœuvrer à son gré, et suivant les besoins, la voilure tendue à se rompre sous l'effort de la tempête. Lancé à la vitesse d'un express, le traîneau franchit comme une flèche

plusieurs rivières entièrement gelées, et il n'eut
pas un crochet à faire pour éviter des obstacles de terrain. La plaine se prolongeait nue et
désolée, sans un village sibérien, sans un campement d'indigène, jusqu'à perte de vue. Le
soir, on fit halte au pied d'une colline appartenant à un chaînon des monts Klingkham-Tou-
gourik, prolongement de la longue chaîne des
Stanovoï, et de Chavail estima que le véhicule
avait parcouru, en neuf heures, plus de sept
cents kilomètres.

— Voilà qui est rondement marcher ! déclara Lucien, et il a fallu pour cela renoncer
au moteur à pétrole, ce qui prouve bien l'incontestable supériorité des forces naturelles
sur les piètres machines créées par l'homme.

Les voiles ayant été amenées, le traîneau
s'abrita derrière un pan de rocher de la tempête qui continuait toujours aussi violente.
Puis, les provisions fraîches emportées de Kirensk ayant été sorties de la soute, le repas
fut préparé et servi sous la tente, où le fourneau à pétrole maintenait une température
très supportable.

Les voyageurs firent honneur, avec un appétit aiguisé par le froid, au dîner dont Pignon
eut, comme d'habitude, les restes. Le Sibérien,
toujours taciturne, dévora sa pitance sans dire
mot, puis, après une bonne lampée de vodka,
il se roula dans sa couverture et s'étendit sur
le sol, tandis que les Français procédaient au
montage de leur literie.

La nuit se passa sans incident, et l'on n'entendit aucun cri de fauve aux environs. La région paraissait absolument déserte, et aussi
pauvre en rôdeurs à quatre pattes qu'en habitants à deux jambes. Seul le vent sifflait lu-

gubrement entre les rocs et faisait sourdement
détoner les toiles de la tente.

Dès le petit jour, après un court déjeuner,
Chavail donna le signal du départ. Le vent
était toujours impétueux, mais il avait tourné
d'un quart vers le sud, ce qui était en somme
un avantage, *Passe-Partout* devant gagner vers
le nord pour atteindre Iakoutsk. On n'aurait
plus, il est vrai, plat vent arrière, mais on uti-
liserait toute la surface de la voilure, le foc
n'étant plus masqué par la grande voile, et on
pouvait espérer filer avec la même remarquable vitesse que la veille.

L'ancien marinier sibérien eut, à plusieurs
reprises l'occasion, au cours de cette journée,
de montrer son adresse et sa dextérité à éviter les obstacles sans ralentir l'allure. On longea, pendant toute la matinée le chaînon des
collines se ramifiant aux monts Klingkham, et
qui se profilaient à bâbord, et, l'après-midi,
on traversa une immense plaine à peine on-
dulée, et où la brise se propageait sans se bri-
ser. Cependant, on pouvait prévoir que la tempête ne tarderait pas à se casser, car déjà
l'horizon d'ouest s'encrassait de nuées grisâtres qui ne tarderaient pas à se réunir et
à s'agglomérer en lourds nimbus chargés de
neige.

— Avançons donc, ne perdons pas une minute, dit le comte de Chavail, car que devien-
drions-nous si le vent venait tout d'un coup à
nous manquer et que nous nous trouvions pris
dans un chasse-neige ?...

Wassili secoua la tête en examinant le ciel,
puis il prononça avec effort, comme si sa langue
était déshabituée de la parole :

— Pas craindre la neige aujourd'hui ni demain, fit-il. Nuages trop hauts.

— Tant mieux, répliqua Lucien. Mais à défaut de neige, le froid redouble, si je ne m'abuse.

— Tu ne te trompes pas, le thermomètre est redescendu à — 15°, riposta son compagnon. Cette nuit ne se présente pas comme agréable à passer à la belle étoile.

— Brr ! espérons que nous ne serons pas obligés de « filer la comète » sous notre tente, cela manquerait de charmes !

Cette crainte devait heureusement être vaine, car, lorsque la nuit se fit, Iakoutsk apparut au loin, endormi sur la rive glacée de la Léna. L'énorme distance séparant cette ville du fort de Kirensk avait été ainsi franchie en deux jours, et vu le crochet fait la veille, Chavail estimait que le traîneau avait parcouru près de quinze cents kilomètres en dix-huit heures. Il fit part de son calcul à son compagnon.

— Mais c'est magnifique, s'exclama Cordouan, cela fait une moyenne de quatre-vingt-trois kilomètres à l'heure ! Voilà comment je comprends que l'on marche, et non comme des tortues, ainsi que nous le faisions auparavant. Enfoncée l'automobile, vive le traîneau !...

— Oui, c'est fort joli, en vérité, murmura l'explorateur pensif, mais, depuis notre départ de Kirensk, j'ai un scrupule qui me travaille la conscience.

— Je me demande lequel, par exemple !

— Tu n'oublies pas que je me suis engagé à effectuer le tour du monde par les seuls moyens de l'automobile. Or, le traîneau n'était pas dans le programme et je me demande.....

— Si tu es encore dans les conditions du pari ?... Ta conscience susceptible peut se rassurer.
Tu t'es réservé le droit, sans lequel l'exécution
du pari eût été impossible, d'utiliser, suivant le
besoin, les dispositions additionnelles nécessaires pour poursuivre ta route. Or, le traîneau
sur lequel est déposé *Passe-Partout* constitue
une simple disposition additionnelle résultant
de la nature particulière du terrain.

— D'accord, mais je n'ai pas fait ce traîneau
moi-même.

— Pas plus que tu n'as construit *Passe-Partout* toi-même, c'est évident. Mais tu en as dressé le plan et en as surveillé le montage, et on ne
peut te forcer d'être charpentier ou marin. L'essentiel est que tu reviennes à Paris avec ton
automobile, en employant tous les moyens que
tu auras jugés bons pour te conduire à ton but.
La seule chose qui te soit défendue est de te
faire aider par un autre moyen de locomotion,
c'est-à-dire de charger *Passe-Partout* à bord
d'un paquebot ou d'un fourgon de chemin de fer
comme un simple colis, ou même — tu vois que
je suis sévère ! — d'atteler, en cas de panne, un
moteur naturel : cheval, âne, renne, etc., à
l'auto pour la remorquer en un lieu où l'on
puisse la raccommoder à loisir. Tout cela n'a
rien de commun avec l'emploi de deux poutres
jumelées et d'une voile pour remplacer les
roues et le moteur à pétrole d'usage impossible
dans ce fichu pays !...

Pendant cette conversation, l'appareil avait
atteint les faubourgs d'Iakoutsk et Wassili avait
cargué les voiles. Après avoir couru un instant
sur son erre, emporté par la vitesse acquise, le
traîneau s'arrêta.

— Wassili, commanda le comte, vous allez rester à bord pour garder le véhicule. Nous serons de retour demain matin.

Le Sibérien fit un geste d'assentiment. Peu lui importait, en effet, de coucher sous la tente ou sous le toit d'une hôtellerie, à lui enfant du steppe habitué à la rigueur du climat. Il était armé, d'ailleurs, et ne craignait aucune éventualité. Ce fut donc en toute sécurité d'esprit que les deux Français abandonnèrent leur maison glissante pour aller à la recherche d'une auberge où ils trouveraient au moins un abri contre le froid qui promettait d'être terrible cette nuit-là.

CHAPITRE XII

LE DÉTROIT DE BEHRING

— Eh bien, que dis-tu d'Irkoutsk ?

— Je dis que c'est un trou infect et tout juste bon pour des forçats.

— C'est bien un peu aussi mon avis. S'il n'avait pas fait si froid, j'eusse préféré certainement revenir à notre tente. Mais nous aurons encore assez de nuits à passer en plein steppe pour qu'une nuit au moins nous ayons profité d'une chambre chauffée. Mais quels lits, je m'en souviendrai !

C'est ainsi que Chavail maugréait, le lendemain 18 mars, à sa sortie du chef-lieu de la Sibérie orientale, l'un des centres les plus importants de cette région inhospitalière, habitée en grande partie par des déportés libérés et des tribus errantes de Yakoutes.

Au cours de cette journée, les voyageurs eurent l'occasion de voir de près plusieurs villages indigènes, qui s'appellent eux-mêmes Sokahlas. Ils s'arrêtèrent un instant auprès d'une agglo-

mération de yourtes, fixée sur les bords de la
rivière Amga, et leur conducteur entra en conversation avec ces autochtones. Les Français
purent reconnaître que la réputation d'hospitalité des Yakoutes n'est pas usurpée, car ceux-ci
s'empressèrent de leur offrir tout ce qu'ils pouvait y avoir de provisions sous leurs tentes, notamment du poisson séché et une sorte d'alcool
extrait du lait aigri. Mais les voyageurs n'acceptèrent que quelques tasses de thé bouillant qu'ils
payèrent d'une bouteille de vin et d'un paquet
de tabac qui parut faire le plus sensible plaisir
à leurs hôtes, dont la large figure brune et im-
berbe, aux pommettes osseuses rappelant le type
mongol, s'épanouit largement.

Cordouan, de son côté, remarqua que beaucoup de femmes yakoutes avaient des traits ré-
guliers et un visage agréable. Elles étaient vê-
tues avec plus de soin et de propreté que les
hommes, et quelques-unes avaient divers orne-
ments de provenance incontestablement civilisée, sur les pelleteries où elles étaient en-
goncées.

Après le village russe d'Amgiskoë, le traîneau supportant *Passe-Partout* traversa un
vaste désert marécageux où serpentaient plusieurs affluents de la Léna qui s'infléchissait
vers le nord à partir d'Iakoutsk. Mais, sous
l'influence du froid, qui régnait depuis plusieurs mois, la surface de ces marais s'était
durcie, et le véhicule, sa voile arrondie et tendue sous l'impulsion du vent de nord-ouest,
glissait avec la légèreté d'un oiseau et la rapidité d'un express, sans rompre cette couche
lisse comme un miroir.

Quand le soir arriva, le traîneau avait par-

couru plus de cinq cents kilomètres. Les deux
lanternes-phares furent allumées, car le ciel
était entièrement couvert et aucune lumière
diffuse ne rayonnait sur cette immensité stérile. On put ainsi marcher encore deux heures
à vitesse réduite, et l'appareil fit halte à huit
heures du soir non loin d'un village russe, bâti
sur les bords de la rivière Ioudouma.

— Quel est ce pays ? interrogea Cordouan
en s'adressant à Wassili.

— Ioudoumokoïzkrest, répondit celui-ci.

— Que Dieu te bénisse ! riposta le comte.
Et celui que nous avons aperçu tout à l'heure,
à la tombée de la nuit ?

— Allounkhiounskoï.

— De mieux en mieux ! C'est à croire que
ceux qui ont inventé ces noms-là étaient en-
chifrenés ! Ce n'est pas du russe, cela, ce sont
des éternûments !

Louis de Chavail ne put s'empêcher de sourire.

— En attendant, dit-il, nous allons camper
ici, n'est-ce pas ?

— Je crois que nous n'avons rien d'autre à
essayer, mais c'est ce froid que notre poêle à
pétrole ne parvient pas à combattre !...

— Que veux-tu, mon cher Lucien. Si nous
n'avons pas aussi chaud qu'à Iakoutsk, au
moins serons-nous mieux couchés.

— Ah ! quel voyage, quel voyage !...

Malgré ses récriminations, le jeune homme
montra un bel appétit et fit honneur à la cuisine préparée par son ami, alors « de semaine ». Puis, après une dernière ronde aux
alentours, pour s'assurer si rien de suspect ne

se montrait, le chef de l'expédition regagna la
tente, où la literie venait d'être mise en place.

— A demain ! grogna Cordouan en s'insé-
rant, d'un air maussade, dans son sac rem-
bourré.

La nuit se passa tout entière sans encombre,
et Wassili, étendu sur le plancher simplement
roulé dans une épaisse couverture, poussait
en dormant, un ronflement ressemblant au sifflet d'un paquebot perdu dans la brume, quand
des grattements se firent entendre à l'extérieur
et Pignon proféra un aboiement étranglé qui
tira les voyageurs de leur sommeil.

— Bon ! qu'est-ce encore ! grommela le jeune
comte en faisant sonner la pendule de voyage
qui accusa huit heures du matin. On ne peut
donc pas dormir dans ce damné pays !...

Le trappeur sibérien s'était dressé d'un bond.
Il rejeta sa couverture à terre, et, saisissant
un fusil, il se glissa hors de la tente.

Un coup de feu, suivi immédiatement d'un
rauque grondement, éclata et aussitôt Wassili
se précipita à l'intérieur.

— Un ours ! clama-t-il. Un ours !

Les deux Français avaient prestement sauté
à bas de leur couchette, et, malgré le froid
aigu qui continuait à sévir, ils s'élancèrent au
dehors sans prendre le temps d'empoigner une
arme quelconque. Le jour se levait à peine,
terne et grisâtre, et les objets se distinguaient
dans la pénombre. Rien ne bougeait aux environs du traîneau.

— Et où est-il, ton ours ! demanda nar-
quoisement le comte de Cordouan au guide.
Est-il envolé, disparu en fumée ?...

— Non, non, je l'ai blessé comme il s'efforçait de fendre la toile avec ses griffes et de pénétrer sous la tente. Il s'est enfui aussitôt.

Chavail montra à son incrédule compagnon des traces encore bien visibles sur le givre qui recouvrait les poutrelles d'assemblage du traîneau.

— C'est bien un fauve qui a essayé d'envahir notre domicile, tu dois le reconnaître à ces marques, fit-il.

— Alors, ce visiteur ne doit pas être bien loin et nous devrions l'apercevoir.

— Il a probablement regagné l'abri du bois dont le profil indécis se distingue dans la brume à deux cents pas d'ici.

— C'est regrettable, en ce cas, car nous ne pourrons lui donner la chasse. Une peau d'ours eût cependant bien fait mon affaire, et j'aurais volontiers emprunté son paletot fourré à ce Martin du steppe.

— Il a sans doute deviné ton projet, et comme il n'est probablement pas très obligeant, je ne suis pas surpris qu'il ait décampé en te sentant arriver !...

Wassili semblait tout désappointé. Lui aussi aurait peut-être voulu « emprunter » à l'ours sa pelisse fournée, qui n'eût certes pas été à dédaigner par cette température rigoureuse, et il était marri que son coup de fusil n'eût obtenu d'autre résultat que de faire fuir cette riche proie.

— Bah ! conclut Cordouan toujours philosophe, nous en rencontrerons d'autres en route, de ces messieurs à pardessus fourrés. Ils ne doivent pas être rares sous ces latitudes, et le prochain que nous apercevrons répondra pour celui que nous venons de laisser échapper !

La clarté s'était un peu accrue, bien que le

brouillard fût toujours aussi opaque. Les Européens, complètement réveillés par cet incident,
accomplirent leurs ablutions journalières, puis,
le déjeuner du matin absorbé de bon appétit,
Chavail commanda l'appareillage et le départ.

Le vent avait perdu de sa violence et ne gon-
flait plus que mollement la voile, aussi la vitesse s'en ressentit-elle.

D'autre part, le terrain allait en s'élevant
constamment, car l'horizon de l'est était barré
par la chaîne des monts Stanovoi Khrebet qu'il
allait falloir franchir. Le comte avait marqué
sur sa carte la passe qu'il convenait de suivre
pour traverser ce massif et atteindre le versant dont les rivages sont baignés par les flots
de la mer d'Okhotsk, et Wassili guidait sans
hésiter le véhicule vers ce col situé à une altitude de six cents mètres environ.

Mais, dès que le traîneau eut pénétré dans
les défilés de la chaîne, sa vitesse devint insi-
gnifiante, le vent faisant presque totalement
défaut. Le guide dut même caler l'arrière pour
l'empêcher de redescendre la pente.

Les deux jeunes gens se regardèrent, assez
décontenancés.

— C'est pour le coup qu'un attelage quelconque serait indispensable pour nous remorquer en haut de ce col, murmura Cordouan.

— Tu oublies que cela nous est défendu, répondit doucement son ami.

— Alors, riposta résolument le comte, faisons nous-mêmes l'office de bêtes de somme
et tirons le traîneau jusque là-haut.

— Quoi, tu voudrais...

— Préfères-tu donc rester collé ici *ad vi-
tam æternum* faute de vent ?... Ce serait la
panne visqueuse et incoercible, alors !...

— Allons, soupira comiquement de Chavail, transformons-nous en vulgaires chevaux de renfort...

— Si encore nous étions des chevaux... vapeur ! plaisanta Cordouan.

Les trois hommes avaient pris la précaution, à Kirensk, de garnir la semelle de leurs chaussures de clous à glace afin de pouvoir avancer sans risque de glissades intempestives et de chutes dangereuses à la surface polie des plaines glacées. Après que Lucien eut expliqué au guide ce qu'il s'agissait d'exécuter, les voiles furent carguées et, saisissant les câbles frappés à l'avant du traîneau, les trois hommes s'attelèrent courageusement au véhicule qui s'ébranla doucement.

— Hardi ! s'écria le Français, dans deux heures, nous serons là-haut.

Et il entonna gaiement le refrain de la charge :

> Y a la goutte à boire
> Là-haut
> Y a la goutte à boire...

Mais, malgré leurs efforts, les trois hommes mirent toute la matinée à escalader, avec leur fardeau, les pentes, heureusement assez douces, de la chaîne des Stanovoï, et plusieurs fois ils durent s'arrêter hors d'haleine pour prendre quelques instants de repos. Enfin, ils atteignirent, brisés de fatigue et haletants, le plateau supérieur. La neige commençait à voleter en légers flocons à travers l'atmosphère.

— Nous allons vivement déjeuner et repartir, dit Chavail. Il nous faut absolument atteindre Okhostk avant que le vent soit complètement tombé et que la neige n'ait effacé le chemin.

Le repas, rapidement préparé, fut non moins lestement expédié, puis, profitant du vent qui balayait impétueusement ce plateau dénudé, les voyageurs déployèrent toute la toile et le traîneau s'élança en avant avec une surprenante vélocité.

En moins de deux heures, cent cinquante verstes furent franchies. Par instants, il fut même nécessaire de serrer la voile qui devenait inutile, le terrain s'abaissant constamment suivant une succession de plans d'une inclinaison inquiétante. La vitesse devenait effrayante, et l'ancien marinier sibérien devait faire des prodiges d'habileté pour maintenir la stabilité de route de l'appareil qui filait comme une flèche au sein des tourbillons de neige chassés par les rafales.

Enfin, une agglomération de toitures apparut à peu de distance au bord d'une plaine d'une blancheur immaculée se développant unie et plate comme un miroir terni jusqu'aux confins de l'horizon.

— Okhotsk ! annonça le guide.

— Et la mer ! ajouta Cordouan, debout sur le capot du moteur.

Il était un peu plus de trois heures de l'après-midi, quand le traîneau atteignit la petite cité sibérienne endormie sur les rivages, glacés pendant neuf mois de l'année, de la mer d'Okhotsk. La nuit allait se faire avant un quart d'heure, les jours raccourcissant progressivement à mesure que l'on se rapprochait du cercle polaire. De Chavail résolut de profiter de ces quelques instants de lumière qui restaient pour ravitailler le véhicule et reconstituer intégralement sa provision de pétrole, car, jusqu'en Amérique, c'était le désert, pendant

plus de sept cents lieues, et l'on ne pouvait
raisonnablement compter sur aucun secours
étranger durant ce long trajet.

Okhotsk est un port qui a beaucoup perdu
de son importance depuis vingt ans, et c'est à
peine s'il compte encore douze cents habitants.
Les Français parvinrent cependant à se procurer ce qui leur était le plus indispensable
pour continuer leur voyage, mais ils durent se
contenter de l'hospitalité très primitive de
l'unique auberge de cette bourgade. Si les mets
qui leur furent servis étaient à peine mangea-
bles, les lits n'étaient pas meilleurs que ceux
d'Yakoutsk.

— Décidément, je m'en souviendrai des hôtels sibériens ! maugréa Gordouan. Quel pays !...
et quelle literie !... Si ce n'était qu'on s'y trou-
ve au moins à l'abri des intempéries, je préfé-
rerais cent fois mon sac sous la tente !

Quand, le lendemain 20 mars, le traîneau
se remit en mouvement, la neige tourbillonnait
drue et serrée par les airs et le vent faisait
rage comme au départ de Kirensk. Mais, comme fit remarquer Chavail, bien que ce chasse-
neige fût au plus haut degré désagréable, en
limitant la vue à une courte distance, il donnait au moins l'avantage de pousser le véhicule justement dans la direction désirée. Une
route — un chemin sibérien plutôt, c'est-à-
dire une sente à peine tracée — relie Okhotsk
à Aklansk, bourgade située presque sous le
cercle polaire, et d'où part la route de Petro-
pawlosk, ville russe bâtie à l'extrémité de la
presqu'île du Kamtschatka. C'était ce chemin,
qui longe pendant des centaines de kilomètres
la mer d'Okhotsk, qu'il eût fallu suivre, mais il
avait disparu sous la couche de neige tombée

depuis la veille, et force était d'avancer d'après la boussole comme un navire perdu à la surface de l'Océan.

Toute la toile avait été tendue au vent qui sifflait avec furie dans les agrès, et l'appareil glissait comme un fantôme en laissant derrière lui un double sillon tracé par ses patins. De Chavail, craignant une accalmie qui l'eût laissé en panne au milieu des champs de neige, profitait de la tempête pour dévorer les distances non sans témérité.

Le chasse-neige dura deux jours et deux nuits sans faiblir, et quinze cents verstes furent abattues à une vitesse de vertige dépassant par moments trente mètres à la seconde, soit plus de cent kilomètres à l'heure. Aucun vestige de village n'apparut pendant cette course insensée. Taouiskoï, Noyakona, Aklansk, tous ces hameaux ensevelis sous la neige ne purent être distingués à travers un rideau opaque qui rétrécissait la vue à cent pas de distance, et les divers cours d'eau rencontrés furent traversés sans presque ralentir.

Il fallut, toutefois, prendre de minutieuses précautions pour empêcher la neige de pénétrer à l'intérieur de la tente par les coutures des bâches, ainsi que dans l'automobile qui était transformée en un bloc informe. Le thermomètre se maintenant à 25 degrés au-dessous de zéro, à l'extérieur, le poêle à pétrole devenait insuffisant à maintenir une température supportable sous la tente, malgré son épaisse doublure de feutre. Les deux nuits furent donc pénibles pour les Français. Wassili, habitué depuis l'enfance aux rigueurs du climat, ne paraissait pas trouver ce froid excessif.

Le traîneau avait fait des arrêts sur les bords d'un cours d'eau glacé sur toute sa largeur et que la carte montrait être un affluent de l'Anadyr, la Main. Le paysage était désolé et aride, et la neige s'étant faite plus rare, le regard pouvait distinguer à l'horizon le profil dentelé de l'arête montagneuse de la chaîne du Kamtchatka, qui se soude à la chaîne des Stanovoï, cette épine dorsale de la Sibérie. Quand, le matin du 22 mars, le voyage fut repris, le temps s'était éclairci et la violence du vent avait sensiblement décru.

— Est-ce que nous allons avoir une réédition de l'ascension des défilés des monts Khrebet, par hasard ? grommela Cordouan non sans inquiétude.

— Espérons que non, car le rôle de tracteur animé manque de charmes, répondit son compagnon.

Le traîneau glissait avec une vitesse modérée et se rapprochait peu à peu des montagnes, dont les flancs étaient tapissés d'immenses forêts de *pinus cembra,* de bouleaux et de mélèzes.

— Evitons ces bois, ce sera prudent, fit Chavail.

— Qu'est-ce que tu redoutes ?...

— D'abord, l'impossibilité de nous mouvoir avec notre véhicule à travers ces gorges boisées. Ensuite, je crains que ces solitudes servent de repaires à de nombreux fauves. Or, le moyen de défense qui nous a servi une première fois n'est pas disponible et je ne sais trop...

— Bah ! tu trouverais autre chose, j'ai confiance en ton esprit inventif !

L'allure continuait à se ralentir, et bientôt il devint évident qu'il allait falloir encore s'at-

teler au véhicule, quand le vent ferait totalement défaut. Pourtant, on avança par saccades
pendant plusieurs heures, et ce ne fut qu'au
pied d'un dernier raidillon qu'il devint obligatoire de remorquer l'appareil à force de bras
pour l'aider à escalader cette côte. Enfin, l'obstacle fut franchi non sans difficulté.

La nuit surprit les voyageurs au sommet de
la chaîne, alors que s'ouvrait devant eux l'immense désert pierreux et stérile qui s'étend
jusqu'aux confins de l'Asie, aux rivages de l'O-
céan glacial Arctique.

— Je suis harassé ! déclara Cordouan. Je ne
demande que ma soupe et mon lit. Décidément,
le rôle de cheval d'omnibus est le dernier
des métiers, et je ne le conseillerais pas, même
à mon concierge !

Le souper, cuisiné par de Chavail encore
« de semaine », fut rapidement englouti, car
les trois hommes tombaient d'inanition, leur
appétit ayant été démesurément excité par le
travail violent auquel ils avaient dû se livrer
et par le froid intense qui continuait à sévir.
Ils s'occupèrent ensuite de préparer comme tous
les soirs le couchage.

A ce moment, des hurlements se firent entendre dans la nuit.

Il n'y avait pas à se méprendre sur la nature de ces cris, et les trois hommes se regardèrent, ayant compris.

— Ce sont des loups, à n'en pas douter, murmura Chavail.

—Comment allons-nous pouvoir nous en débarrasser, cette fois, demanda Cordouan, tandis
que Wassili écartait avec précaution la porte
de toile de la tente pour regarder au dehors.

— Ces animaux craignent le feu et la lumière, fit l'explorateur après un moment. Allumons les phares, et ensuite nous ferons flamber un bûcher.

Lucien expliqua rapidement au guide ce qu'il s'agissait d'exécuter. Le Sibérien acquiesça à ce projet, et, un instant après, les phares à acétylène projetaient une lumière intense sur la plaine sombre, et illuminaient l'espace à une grande distance en avant du traîneau.

Un épouvantable concert d'aboiements féroces accueillit cette illumination soudaine et, dans l'éclatant faisceau de rayons incendiant la neige, les voyageurs virent bondirent des quadrupèdes agiles qu'ils reconnurent du premier coup d'œil. C'étaient bien des loups, semblables à ceux qu'ils étaient déjà parvenus à mettre en fuite alors qu'ils traversaient les défilés de l'Oural, mais la bande paraissait plus nombreuse et plus déterminée.

Wassili examina avec attention et pendant un long moment les mouvements des fauves. Enfin, il parla.

— Mauvais, très mauvais, grommela-t-il. Ils ont faim, et quand ils seront familiarisés avec la lumière, ils oseront nous attaquer.

— Et du feu, s'écria Cordouan, allumons du feu !

Le guide hocha la tête.

— Cela les retardera un peu, mais pas toute la nuit. D'ailleurs, nous n'aurions pas assez de bois à bord pour entretenir un foyer pendant dix heures.

— Alors, que faire ?...

— Les chasser à coups de fusil ! répondit fermement le Sibérien.

— Essayons d'autre moyen, intervint alors

Chavail, pour ne pas gaspiller nos munitions, car la troupe me semble nombreuse. Il sera toujours temps de recourir à nos carabines.

— Que veux-tu faire ? interrogea son ami.

Pendant que Wassili empilait à la hâte, à une dizaine de mètres tout autour du traîneau, de petits tas de bois qu'il arrosait de pétrole, le conducteur de *Passe-Partout* installait à l'extérieur le fourneau à pression servant à cuisiner les aliments. Il ajusta un tuyau souple terminé par une lance métallique au récipient rempli de liquide inflammable, et se mit à pomper de l'air pour mettre ce liquide sous pression.

Les hurlements des fauves redoublaient d'intensité, et déjà ils ne paraissaient plus effrayés par les rayons aveuglants des phares dardés sur leur masse grouillante. Quelques-uns des plus hardis se rapprochèrent même et bondirent à quelques pas du traîneau.

— Wassili, revenez, commanda de Chavail, sa lance à la main.

Le guide regagna l'abri du véhicule, les foyers étant préparés. Alors, le comte fit flamber une allumette-tison et la présenta à l'extrémité de la lance d'où sortait avec un sifflement aigu un nuage de pétrole pulvérisé.

Instantanément, une flamme de plus d'un mètre de long jaillit de l'ouverture du tube, et Chavail la dirigea vers le tas de bois empilé par Wassili. Aussitôt, ceux-ci s'allumèrent, et, au bout de quelques instants, le traîneau se trouva entouré d'une ceinture de flammes infranchissable.

Les loups qui s'étaient enhardis, reculèrent, et l'assaut qu'ils allaient sans aucun doute donner se trouva retardé. Mais leur nombre

s'accroissait d'instant en instant, grâce à de
nouveaux arrivants, attirés par l'appât d'une
proie succulente, et leur audace grandissait à
mesure qu'ils se sentaient plus en force. Bientôt, le rideau de flamme et de fumée ne les
arrêta plus, et plusieurs fauves énormes osè-
rent le franchir d'un bond, mais ils ne parvinrent pas jusqu'au traîneau.

De Chavail avait dardé sur eux la langue de
feu qui s'échappait en sifflant de son chalu-
meau géant. Un grésillement se fit entendre, et
la fourrure des assaillants crépita sous la morsure de ce dard enflammé. Avec des hurlements effroyables, les fauves rebroussèrent chemin, mais, à ce moment, les foyers assemblés
par Wassili s'écroulèrent, entièrement consu-
més, en un petit tas de braises fumantes. La
fortification de feu qui protégeait les voyageurs disparaissant ainsi brusquement, l'assaut
se produisit, et, en moins de quelques secondes,
le traîneau se trouva entouré de tous côtés
d'une marée montante de dos roux et de gueu-
les ouvertes d'où s'échappaient de féroces hurlements.

Depuis le commencement de l'action, maître Pignon, absolument terrorisé, s'était tapi
dans le point le plus obscur de la tente.

Les trois hommes, prévoyant depuis un instant ce qui allait arriver, avait préparé leurs
armes et les tenaient à leur portée. Cordouan
et le guide saisirent leurs revolvers et commencèrent un feu roulant sur les fauves habitants du
steppe, tandis que le comte manœuvrait sa lance
de feu et arrosait de pétrole enflammé les rous-
ses toisons qui se pressaient à deux pas de lui.

Mais les loups se sentaient en force et, malgré que leurs premiers rangs fussent décimés
par une pluie de projectiles, ils ne faiblissaient

pas dans leur attaque furieuse. Ceux qui parvenaient à se hisser sur le véhicule, étaient remplacés par d'autres aussitôt qu'eux renversés. Quelques-uns étaient arrivés à sauter sur l'arrière, et certains rongeaient furieusement les attaches de la tente. Les voyageurs n'allaient pas tarder à être débordés et submergés sous le flot de leurs adversaires, quand soudain Wassili se pencha vers Cordouan :

— Nous sommes perdus, si nous demeurons à cette place ! lui dit-il.

Sans attendre l'autorisation du comte de Chavail, qui avait d'ailleurs fort à faire de son côté pour se débarrasser des bêtes enragées l'entourant et qui se renouvelaient constamment en redoublant d'efforts pour envahir la plateforme, Wassili, lâchant sa carabine fumante, se redressa et largua l'amarre de la voile qui retomba le long du mât. La vergue pivota, l'écoute se raidit et le vent, qui soufflait encore par rafales, s'engouffra dans la toile.

Aussitôt, le traîneau frémit dans toute sa membrure et bondit en avant au milieu de la masse épaisse de ses assaillants, qui s'écartèrent surpris, et il traça un sillon sanglant à travers leur horde mouvante.

— Aux fusils ! aux fusils ! cria le guide, tout entier à la manœuvre du véhicule, qui s'enfonçait à travers une obscurité que les deux phares avaient peine à percer, malgré l'intensité de leur rayonnement.

Déjà les fauves, un moment décontenancés par ce brusque départ, galopaient sur les flancs et à l'arrière du traîneau. Les détonations des revolvers et des carabines crépitèrent dans la nuit et couchèrent de nouveaux morts dans la neige.

Mais cette chasse ne devait pas se poursuivre longtemps. La vitesse augmentait de minute en minute et les loups ne pouvaient plus suivre le train fantastique mené par le véhicule maintenant lancé comme la flèche à la surface du dé-

Fig. 2. — En traineau à voiles pendant la nuit

sert glacé. Malgré leurs efforts, les flanqueurs et les poursuivants perdaient du terrain à chaque seconde, et bientôt ils disparurent, fondus dans l'ombre épaisse du steppe.

Pour assurer la sécurité, et malgré le danger que pouvait présenter cette course à toute allure, toutes voiles dehors, dans le noir, la marche fut continuée pendant près de deux heures. Et il était près de minuit, quand, sur l'ordre de Chavail, Wassili serra la voile et arrêta le véhicule qui n'avait heureusement rencontré aucun obstacle pendant sa marche effrénée.

Cette chaude alerte ne devait heureusement plus se renouveler pendant le reste de la traversée du continent asiatique, et les féroces quadrupèdes ne reparurent pas pendant les deux dernières journées qui furent nécessitées pour franchir le pays des Tchouktchis.

Le 25 mars, alors que le vent mollissant de plus en plus, tendait à tourner au sud-ouest, c'est-à-dire dans une direction rendant sa force inutilisable pour la propulsion du traîneau, la mer apparut enfin, et, à la nuit, qui survint vers trois heures de l'après-midi, l'appareil fit halte à la bourgade de Numana, petit port sibérien sans grande importance.

Les voyageurs avaient enfin atteint le détroit de Behring, qu'il s'agissait de traverser pour atteindre l'Amérique. L'Europe et l'Asie avaient été laissées en arrière, et maintenant, c'était au Nouveau Continent que les hardis motoristes allaient s'attaquer.

CHAPITRE XIII

AU KLONDYKE

— Voudrais-tu, mon cher Lucien, avoir l'obligeance de me traduire ce que cet estimable Wassili vient de te communiquer ?...

— Rien de plus simple. Il affirme que d'ici longtemps le vent ne soufflera dans la direction favorable. Calme plat, précurseur de la neige !

— Diable ! Comment faire ? Nous ne pouvons cependant nous immobiliser ici.

Le jeune homme secoua la tête en signe d'ignorance. Le comte de Chavail se dirigea vers la fenêtre basse de la misérable isba — l'un des plus beaux édifices cependant du port de Numana — où les globe-trotters avaient à grand' peine obtenu de s'abriter.

— Il faut cependant aviser, reprit le chef de l'expédition.

— Avisons ! répéta docilement son ami.

— Tu n'as pas une idée, par hasard ?

— Non, je n'ai pas cela sur moi pour l'instant.

Chavail resta songeur. Enfin, il releva la tête.

— Si le vent fait défaut, il nous faut revenir par conséquent à l'usage du moteur ! déclara-t-il d'un ton résolu.

Cordouan haussa les épaules.

— Pour une riche idée, c'est en vérité une riche idée... bougonna-t-il.

Mais son compagnon l'interrompit.

— Je sais ce que tu vas me dire. Tu me rappelleras notre essai peu satisfaisant de la traversée de l'Iésséi à Krasnoiarsk. Mais je te répondrai que nous avons fait appel à un simple expédient, à une adjonction de fortune, sur la durée de laquelle on ne pouvait raisonnablement compter. Depuis, j'ai réfléchi et j'ai eu le temps de mûrir un projet que la situation va nous obliger à mettre à exécution...

— Et qui consiste ?... interrompit à son tour le bouillant Cordouan.

— Simplement à entourer nos roues motrices, par-dessus le protecteur ferré des pneus, d'un cercle de fer, relié solidement à la jante et garni de longues pointes.

— Alors, nous abandonnons le traîneau ?

— Tu n'as pas l'intention de le prendre à la remorque ?.

Le comte eut un geste de mauvaise humeur, mais ne répondit plus.

De Chavail s'occupa donc sans plus tarder de la modification qu'il s'agissait d'apporter au véhicule. Wassili lui servant d'interprète, il finit par découvrir chez un « négociant » de Numana — un simple entrepositaire de marchandises de toute nature, — les cercles de fer indispensables.

Il s'agissait maintenant de mettre ces cercles au diamètre des roues de *Passe-Partout*, après les avoir garnis sur tout leur pourtour de pointes solidement ajustées. Par bonheur, il existait dans l'humble bourgade un artisan du fer possédant une forge. Chavail lui expliqua minutieusement ce qu'il désirait, et l'ouvrier — sans doute un relégué ayant achevé sa peine — comprit à merveille ce qu'on attendait de lui, et le soir même l'automobile put être armé de nouveaux bandages ferrés, capables de mordre solidement sur la glace pendant un très long parcours.

Tandis que Cordouan était allé inspecter le littoral pour reconnaître l'état de l'ice-field reliant les rivages de l'Ancien Continent aux terres du Nouveau Monde, son ami, laissant le forgeron russe exécuter le travail dont il s'était chargé, s'occupait de faire le plein de ses réservoirs et de ses soutes. Une importante provision de pétrole fut emmagasinée, mais il fut plus difficile de se procurer des vivres acceptables. Le comte fut obligé de se contenter de légumes secs et de viandes salées ou fumées, car les ressources alimentaires de ce village enfoui les trois quarts de l'année sous les glaces du cercle polaire étaient des plus limitées.

Quand, le lendemain, on procéda à l'appareillage du départ, la clarté indécise remplaçant le jour dans ces contrées ne succéda à la nuit que vers neuf heures du matin, et elle devait disparaître avant trois heures de l'après-midi. C'était donc à peine six heures de lumière dont on disposait pour effectuer la traversée du détroit. Heureusement, que la distance à parcourir n'excédait pas une vingtaine de lieues.

— En route ! commanda brièvement Chavail, en lançant d'un coup de poignet énergique la

manivelle du moteur qui se mit immédia[te]-
ment à ronfler.

— Ah ! voilà qui me fait plaisir à entendr[e]
fit Cordouan en s'installant dans la logette. L[e]
bruit du teuf-teuf me manquait, depuis s[i]
longtemps que je ne l'avais entendu !

Le comte jeta un dernier coup d'œil sur le
traîneau abandonné et qui avait été dégarni
de ses voiles et de tous les accessoires utiles,
puis à son tour il reprit sa place de conducteur
au volant de direction.

L'auto démarra.

Quelques minutes plus tard, il s'engageait
sur l'Océan figé par un froid de 20 degrés et il
disparaissait peu après aux yeux stupéfaits de
toute la population de Numana qui s'était ren-
due sur le rivage pour assister au départ de la
voiture merveilleuse.

Au cours des premières heures, *Passe-Partout* put avancer à l'allure raisonnable de la
deuxième vitesse à la surface de l'immense
champ de glace. Mais, vers midi, alors que le
groupe des îles Diomède, situé à peu près vers
le milieu du détroit, était en vue, le sol devint
de plus en plus raboteux, composé de glaçons
irréguliers soudés par le froid. En certains
points, ces glaçons entassés les uns sur les autres formaient des intumescences, des « hum-
moks » qu'il fallait contourner. Heureusement,
Chavail avait retrouvé toute son habileté de
motoriste, et le véhicule se faufilait sans presque ralentir entre les blocs superposés, a[u]
grand effroi des otaries et des phoques brusquement tirés de leurs ébats et qui se hâtaie[nt]
de ramper avec des torsions comiques, vers l[es]
trous leur servant de repaires.

Wassili, assis aux pieds de Lucien de Co[r]
ouan, jetait des regards désespérés vers [
[c]arabine pendue à la paroi de la voiture a[u]
[d]essus du jeune homme.

— Oui, oui, je comprends, gouailla celui[-]
[c]est tentant de rencontrer autant de gibi[er]
[s]ans pouvoir lui dire un mot. Mais le mome[nt]
[s]erait mal choisi d'un semblable passe-tem[ps]
[d]'ailleurs sans aucune utilité. Tant que no[us]
[n]'aurons pas un plancher plus solide sous n[os]
[r]oues que celui qui nous supporte actuelleme[nt]
[j]e ne serai pas tranquille.

— Que crains-tu donc ? fit Chavail en tou[r]
[n]ant la tête de son côté. Que ce champ de gla[ce]
[v]ienne à s'ouvrir tout d'un coup sous [tes]
[p]ieds ?...

— Eh ! eh ! qui sait ? De l'eau simpleme[nt]
[d]urcie, je ne m'y fie pas absolument !

— Tranquillise-toi. Elle porterait sans f[ail]
[l]ir des poids bien plus considérables [que]
Passe-Partout, si lourdement chargé qu'il so[it.]
Avec une température aussi rigoureuse q[ue]
[c]elle qui règne dans ces régions, la glace p[ré]
[s]ente assez d'épaisseur pour supporter sans [se]
[r]ompre des charges énormes, des batter[ies]
[d]'artillerie de siège par exemple.

Cordouan secoua la tête d'un air nullem[ent]
[c]onvaincu ; cependant, il se tut et conti[nua]
[d]'observer les évolutions des troupeaux [de]
[v]eaux marins dont les rauques mugissem[ents]
[r]emplissaient l'espace.

Peu à peu, la clarté douteuse de ce jour d'[hi]
[v]er décrut, sans qu'on eût pu apercevoir [une]
[s]eule minute le soleil caché derrière un m[an]
[t]eau de nuées de couleur de cendre. Il é[tait]
[t]rois heures à peine.

Le rivage américain ne doit plus être bien loin maintenant, murmura l'explorateur.

— Si l'on allumait les phares ? proposa Lucien.

— Je n'y vois pas d'inconvénient.

L'auto stoppa un instant, puis repartit en projetant sur la plaine glacée une éclatante nappe qui dissipa les ténèbres commençantes.

Vers cinq heures, enfin, un terrain plus ferme succéda à l'ici-field auquel il se raccordait par une pente presque insensible.

C'était la terre.

— Nous sommes en Amérique, déclara simplement Chavail.

— Et ce n'est pas trop tôt ! riposta son compagnon avec un gros soupir de soulagement. Je ne me sentais pas en sûreté sur ce satané champ de glace que j'entendais craquer sous nos roues !... Eh bien, vive l'Amérique !...

Deux heures encore, *Passe-Partout* broya sous ses roues ferrées le sol de l'Alaska, puis Chavail donna le signal de l'arrêt. Avec l'aide de Wassili, Lucien eut bientôt monté la tente, et il procéda à la cuisson d'un repas dont il tira les éléments de la soute aux vivres, tandis que ses compagnons furetaient dans les environs. Mais le pays était absolument dénudé et désert : c'était une plaine de neige infinie, sans un accident de terrain et sans même le moindre végétal.

— Triste pays, en vérité ! monologua le comte, et que je laisserai derrière moi le plus vite possible sans le moindre regret.

Mais, le froid était âpre ; le thermomètre indiquait 28 degrés centigrades au-dessous de zéro, et le jeune homme se hâta de regagner

la tente sous laquelle régnait, grâce au poêle à
pétrole, une température plus supportable,
bien qu'encore inférieure à zéro. Mais, après le
dîner, arrosé d'une copieuse ration de grog
chaud et aromatisé d'une bonne dose de vodka,
les voyageurs se sentirent ragaillardis et ré-
chauffés.

La nuit se passa sans incident. On n'entendit
aucun bruit alarmant, aucun cri de fauve :
c'était le silence de la tombe. A huit heures du
matin, la tente fut pliée et le voyage repris à
la lumière de l'acétylène.

Chavail avait augmenté l'allure de *Passe-
Partout* qui traçait, dans la neige épaisse d'un
demi-pouce, un double sillon parallèle, se per-
dant derrière lui jusqu'à l'horizon, et qu'on eût
pu prendre pour les deux rails d'une voie ferrée. Une cinquantaine de lieues furent franchies pendant la durée du jour, mais, au moment où le manteau de l'obscur nuit polaire
allait s'étendre de nouveau sur ces régions désolées, la neige, qui menaçait depuis plusieurs
jours, commença à tomber en flocons, d'abord
légers et rares, puis en masse plus serrée, tendant un rideau mobile et bornant la vue dans
un étroit rayon.

— Arrêtons-nous et campons ici, déclara le
chef de l'expédition, d'un ton résigné. Nous ne
devons plus être d'ailleurs très éloignés du
fleuve Youkon et de Dawson-City, la capitale
du Klondyke, le pays de l'or.

— Alors, nous allons encore geler comme la
nuit dernière ? demanda Cordouan d'un ton
plutôt maussade.

L'ancien marinier de la Léna parut frappé
d'un idée subite.

— Nous creuser un *snow-house* pour ne pas avoir froid, dit-il.

— Qu'est-ce que c'est que cela, un *snow-house* ?...

— Un *snow-house*, répondit de Chavail, est un genre d'habitation qui a sauvé la vie à plus d'un voyageur dans les contrées glacées que nous traversons ; c'est tout simplement une hutte faite de neige amassée et à laquelle on donne une forme conique.

— Eh bien ! élevons un *snow-house* ; nous serons toujours un peu abrités contre ce froid qui nous réduirait à l'état de stalactites !

A la lumière des phares, les trois hommes s'occupèrent activement de l'édification de cet abri. Un espace circulaire de trois à quatre mètres de diamètre fut rapidement déblayé de la neige qui couvrait le sol sur une épaisseur de près de cinquante centimètres, et, armé d'une pioche, Cordouan entailla le sol glacé et durci pendant que ses compagnons commençaient à élever un rempart vertical de neige bien tassée. Soudain, une exclamation lui échappa :

— Tiens ! qu'est-ce que c'est que cela ?...

Et se baissant, il ramassa un fragment pierreux de forme irrégulière, que le fer de la pioche avait entaillé, laissait à nu une cassure jaunâtre d'un éclat métallique.

Chavail se rapprocha et son ami lui tendit le caillou. Le comte l'examina curieusement et ses traits exprimèrent une surprise non dissimulée.

— Mais, si je ne me trompe, fit-il, c'est bel et bien une pépite d'or natif !...

— C'est ce qu'il me semble aussi, renchérit Cordouan.

L'explorateur soupesait le morceau de pierre et le tournait dans tous les sens afin de l'exposer aux rayons lumineux de l'acétylène. Pour 'éclaircir ses doutes, il se rendit ensuite à la voiture, fouilla dans la sacoche aux outils, en tira une lime et la passa à plusieurs reprises sur la cassure, recevant la limaille produite dans le creux de sa main. Cordouan suivait tous ses mouvements avec curiosité ; enfin, il parla :

— Alors, monsieur le minéralogiste, c'est bien de l'or ?...

— Cela y ressemble furieusement, en tout cas, et en y réfléchissant, je ne suis pas autrement étonné de ta trouvaille. Ne sommes-nous pas au Klondyke, l'une des régions aurifères les plus riches du globe ? Ne te souviens-tu pas de l'émotion causée, il y a quelques années, par la découverte de gisements de minerais aurifères d'une richesse inouïe, justement dans la contrée où nous arrivons, et qui attira de tous les points du globe une véritable armée de chercheurs d'or et de mineurs ? Quoi d'extraordinaire que tu sois tombé justement sur un filon plus ou moins riche ?...

Le jeune homme ne l'écoutait déjà plus. Avec une ardeur fébrile, il avait sauté sur sa pioche et il fouillait fiévreusement le sol durci, détachant à chaque coup de grandes plaques de terre congelée. Il eut rapidement creusé à un demi-pied de profondeur, tandis que Chavaii le considérait en souriant, puis se jetant à genoux, il se mit à trier les déblais avec une attention concentrée. Enfin, il se redressa avec un cri de triomphe :

— Voilà encore des pépites, il y a là tout un trésor !

— Est-ce que tu veux te faire *digger*, par hasard ? fit l'explorateur un peu goguenard. En vérité, je ne te savais pas aussi amateur de ce précieux métal et j'ignorais que tu désirasses avec autant d'ardeur faire fortune.

— Voudrais-tu que je laisse perdre tout cet or ?...

Chavail se mit à rire aux éclats.

— Mon pauvre ami, je ne te reconnais plus. Est-ce que tu serais devenu avare, par hasard ?...

Cordouan, toujours à genoux au milieu des décombres, releva la tête et montra une figure si bizarrement contrite, que l'hilarité de son compagnon redoubla. Un moment, il parut indécis, se demandant s'il allait se fâcher pour tout de bon ou rire de l'aventure, mais bientôt son caractère jovial reprit le dessus et il prit le parti d'imiter Chavail.

— On voit bien que tu as vingt mille livres de rente, toi, mais, pour moi, qui suis loin d'être un Crésus, c'est une chance inespérée de réaliser une fortune colossale. Et tu veux me faire perdre cette occasion unique ? C'est véritablement monstrueux et abominable ! Mais, je te revaudrai tout cela. Tu n'as pas de cœur, mon pauvre Louis, non, tu n'a pas de cœur !

Chavail était parvenu à reprendre son sérieux.

— Le malheur, fit-il, c'est que, si ce placer est réellement riche, ce qui n'est pas certain, il nous faudrait un outillage et un temps que nous n'avons pas, pour l'exploiter fructueusement. Et récolterions-nous un million, cela surchargerait l'auto d'un poids de trois à quatre cents kilogrammes supplémentaire et difficile à rapporter. D'abord, ce n'est pas, je crois, dans le but de nous faire chercheurs d'or que nous avons entrepris ce voyage !

— Enfin, conclut philosophiquement Cordouan, en faisant luire ses pépites dans les rayons des phares, ce sera toujours un souvenir de notre passage dans ce fameux Klondyke.

Pendant cette conversation, Wassili, toujours muet, avait achevé la construction du *snow-house*, et il s'occupait de clore le sommet de cette espèce de ruche, qui mesurait à peine deux mètres de haut. Une ouverture avait été ménagée dans la paroi pour tenir lieu de porte ; et Chavail la ferma à l'aide du tablier de cuir de l'auto, suspendu comme un rideau devant ce trou, à travers lequel il fallait passer en rampant.

Le poêle à pétrole avait été apporté dans la hutte, avec des provisions tirées de la soute de *Passe-Partout*. Le repas fut préparé et englouti avec un appétit féroce, aiguisé par le froid terrible qui est le climat habituel de ces contrées circumpolaires. Du thé, provenant de la réserve achetée à Irkoutsk, et largement additionné d'excellent vodka, arrosa ce dîner et ramena la chaleur dans les membres engourdis des voyageurs.

— Chien de pays, grommela Cordouan, je parierais qu'il fait au moins 30 degrés de froid dehors.

— Tu ne te tromperais pas, répliqua le comte, en attirant le thermomètre qu'il avait accroché à la paroi de la hutte et en le consultant du regard. Il marque 38 au-dessous de zéro.

— C'est épouvantable ! Si cela continue, nous allons être gelés vivants !

— Ne te plains pas encore, cependant. Il paraît que la température se maintient entre 40 et 45° pendant des mois entiers, et l'on a même enregistré des minima de 57° à Fort-Youkon, non loin d'ici.

— Cinquante-sept degrés ! Je me réveillerai mort un de ces matins, c'est sûr !

— Chavail appuya affectueusement la main sur l'épaule de son *alter ego.*

— Encore un peu de patience, ajouta-t-il. Nous voilà fin mars. Avant quinze jours, si nous continuons à avancer comme nous l'avons fait jusqu'à présent, nous serons au Mexique, et au lieu de te plaindre du froid, le regretteras-tu peut-être.

— Ah ! non, par exemple, jamais, protesta le jeune homme. Vive la chaleur et le soleil ; j'en ai une indigestion de la neige, de la glace, des icefields et autres banquises !

— Les maringouins et autres agréments de la savane remplaceront alors, avec avantage, les phoques et les morses que nous avons aperçus depuis quelques jours.

— Tout, plutôt que cette bise incessante et ces chasse-neige arctiques ! conclut Cordouan.

Force fut aux voyageurs de reconnaître l'incontestable utilité du *snow-house* en cette nuit où jamais encore le thermomètre n'était descendu aussi bas, car, dans cet espace resserré, la chaleur du fourneau à pétrole fut suffisante pour maintenir une température supportable pendant la longue nuit de dix-huit heures.

Lorsque la lumière reparut, vague et indécise, vers les neuf heures du matin, les trois automobilistes réintégrèrent leur cabine vitrée, et *Passe-Partout* se remit en marche à travers l'immense plaine de neige. Chavail se dirigeait à l'aide de la boussole à la surface de ce territoire qui paraissait aussi désert que les steppes de la Sibérie. C'est à peine si l'on aperçut les traces de quelques quadrupèdes imprimées dans la neige. Enfin, vers midi, l'auto arriva en vue du confluent du fleuve Youkon et de la rivière Porcupine. En cet endroit, le fleuve, qui venait de l'ouest, faisait un coude brusque et se dirigeait ensuite en plein sud, alors que son affluent arrivait du nord-est. Sous l'action du froid intense qui régnait depuis près de six mois dans ces régions, les deux cours d'eau étaient immobilisés, et ne formaient plus qu'une mer glacée sur laquelle l'auto s'engagea hardiment, après avoir trouvé un endroit de la berge incliné en pente douce.

— Est-ce que ça dégèle quelquefois, par ici ? demanda Cordouan.

— Certainement, répondit le comte. Vers le milieu d'avril, la température s'est déjà assez relevée pour que la débâcle des glaces commence à se produire et que le milieu du courant soit praticable. En mai, le fleuve est libre de glaces et la navigation en est possible sur des centaines de kilomètres de parcours. Mais, en octobre, les glaçons apparaissent déjà, les rivières charrient, et bientôt, sous l'action du froid toujours croissant, ces fragments se soudent les uns aux autres, le courant s'interrompt, et, pendant six mois, tout mouvement disparaît pour reprendre sous l'influence des rayons du soleil.

— Fichu pays tout de même, et où je ne viendrai pas manger mes rentes, conclut le jeune homme.

Il ne fallut pas moins d'une heure à *Passe-Partout* pour franchir le confluent des deux grands cours d'eau de l'Alaska et atteindre la terre ferme. Il lui avait fallu, il est vrai, évoluer constamment avec prudence, et en première vitesse seulement entre des blocs de glace entassés dans un enchevêtrement bizarre, et éviter de détériorer les roues contre les glaçons qui hérissaient d'arêtes tranchantes la surface du fleuve.

Sur terre, l'auto augmenta son allure en suivant à une petite distance la rive droite du Youkon. Il effaroucha, en passant, des bandes de palmipèdes au plumage blanc et gris qui s'abritaient dans les rares roseaux bordant la berge. Enfin, au moment où la lueur polaire allait s'éteindre tout à fait, le comte de Chavail indiqua, du doigt, des fumées qui salissaient l'horizon.

— Dawson-City, capitale du Klondyke et centre de la région aurifère, dit-il brièvement.

— Est-ce que c'est aussi civilisé que Iakoutsk ou Okhotsk ? demanda Lucien.

— Je n'y suis jamais venu, je ne pourrais te répondre, riposta son interlocuteur.

Cordouan leva les épaules d'un air de mauvaise humeur, mais n'ajouta pas un mot.

Il était six heures du soir lorsque l'automobile pénétra dans la rue principale de la ville de l'or.

Dawson est une ville dont la création ne remonte pas à plus de quinze ans, et, dans ce court laps de temps, elle a été ravagée par plusieurs incendies qui l'ont détruite en grande partie. En 1902, elle ne comptait cependant pas moins de vingt mille habitants, dont la plupart avaient été attirés par l'appât de la richesse des placers, et elle s'était encore une fois relevée de ses ruines ; aussi, les Français ne furent pas médiocrement étonnés, en arrivant au centre de l'agglomération, au confluent de la rivière Klondyke avec le Youkon, d'entendre le sifflet d'une locomotive, et d'apercevoir les bâtiments, construits en bois, il est vrai, d'une gare dont les voies étaient éclairées par des becs à acétylène.

— Eh mais ! Eh mais !... fit Cordouan stupéfait, ils ont de l'acétylène par ici ?... Ce ne sont donc pas des sauvages ?...

Chavail apprit à son ami que, devant l'importance prise par la colonie du Klondyke, qui appartient au Canada, et pour subvenir aux besoins d'une population qui s'accroissait de jour en jour, une ligne de chemin de fer avait été établie, au prix d'efforts gigantesques, à travers les montagnes qui enserrent l'Alaska comme d'une ceinture de rocs. Désormais, les émigrants, les mineurs, les voyageurs n'étaient plus exposés aux fatigues écrasantes et aux périls d'un parcours de plusieurs centaines de kilomètres dans les défilés des monts Chigmits, et le Klondyke était relié d'une manière permanente, par le chemin de fer, le télégraphe et même le téléphone, au reste du monde civilisé.

Malgré l'intensité du froid, de nombreux passants circulaient dans les rues assez larges et régulières de Dawson, et *Passe-Partout* récolta bientôt son habituel succès de curiosité. Il était certain que jamais automobile n'avait roulé dans la cité de l'or. Aussi son arrivée attira-t-elle l'attention générale. Bientôt, le vé-

hicule arriva sur une grande place, et son conducteur le dirigea sans hésiter vers un édifice
assez vaste, éclairé à la lumière électrique, et
dans lequel il avait reconnu un hôtel.

Cordouan n'en revenait pas d'étonnement.

Bientôt, même, il dut reconnaître que Dawson était une ville absolument civilisée, — à
l'instar des villes des Etats-Unis, — car il revenait à peine dans la salle à manger de l'hôtel après avoir fait une toilette, que rendait
indispensable un voyage de plus de huit jours
à travers les neiges et les glaces boréales, qu'un
individu se présentait à lui avec d'interminables
bles salamalecs, et lui disait en anglais, en lui
tendant une carte de visite :

— Sir Lewis Thomson, *reporter* du *Dawson
Advertiser.* Serait heureux d'avoir pour son
journal quelques renseignements inédits sur le
voyage des honorables comtes de Chavail et de
Cordouan depuis leur départ d'Irkoutsk ?...

Le jeune homme fut légèrement abasourdi.
Ainsi, dans ce pays perdu sous le 65° degré
de latitude, on connaissait le voyage de *Passe-
Partout* et son but !...

Il dut s'exécuter, et se soumit de bonne grâce à l'interwiew.

— Demain, toute d'Amérique, saura que le
comte de Chavail et son compagnon sont parvenus à traverser l'Asie tout entière et atteindre le Klondyke, déclara le journaliste en fer-
mant son calepin. La nouvelle en sera non seulement publiée par le *Dawson Advertiser*, mais
télégraphiée à la principale agence de New-
York.

— Nous voilà décidément passés à l'état de
curiosités !... songea Cordouan :

Il reconduisit le visiteur, et, comme Chavan apparaissait à son tour en tenue correcte.

— Allons, à table, lambin, s'écria-t-il. Je meurs de faim !...

CHAPITRE XIV

A TRAVERS LA PRAIRIE

La nouvelle de l'arrivée à Dawson de l'automobile qui amenait de Paris deux intrépides sportmen avait causé une sensation énorme parmi cette population de risque-tout et d'audacieux que sont les chercheurs d'or, et, le lendemain, les deux Français furent assiégés par une foule de visiteurs, curieux de voir des gens qui, pour soutenir une gageure, avaient déjà parcouru plus de treize mille kilomètres à travers les contrées les plus désolées du globe. Ce fut à grand'peine que Chavail put s'arracher aux manifestations d'enthousiasme de ses admirateurs et trouver le temps de reconstituer les approvisionnements de la voiture afin de continuer son voyage circumterrestre, et surtout de passer la visite attentive de toutes les pièces du mécanisme. Il eût désiré repartir le jour même, mais ce désir était irréalisable, et, bon gré mal gré, il dut accepter de présider un banquet de deux cents couverts or-

ganisé en son honneur par le comité adminis-
tratif, la presse et les notables de Dawson-
City.

Ce ne fut qu'à une heure avancée de la nuit,
après d'innombrables toasts en l'honneur des
intrépides voyageurs, et l'audition de *speechs*
glorifiant leur persévérance, que les deux amis
purent enfin échapper à leurs admirateurs, qui
tinrent à honneur d'assister, malgré un froid
de plus de 25 degrés, au départ de *Passe-Partout*, lequel s'effectua au petit jour, c'est-à-dire
à neuf heures du matin.

— Ouf ! fit Cordouan avec un soupir de soulagement, lorsque l'on commença à perdre de
vue, dans l'éloignement, les toits blancs de neige des habitations de Dawson. Voilà des gens
bien gentils, en vérité, mais terriblement cram-
pons, malgré leur amabilité. C'est encore une
journée de perdue et peut-être une gastrite
de gagnée, à ces petits jeux-là !

— Le fait est, murmura son compagnon,
qu'il faudrait un fameux estomac pour résister
à des agapes aussi pantagruéliques.

Wassili fit entendre un grognement joyeux.

— Moi bien mangé, bien bu, bon vodka, articula-t-il. Bon pays Klondyke.

Les Français échangèrent un regard amusé.

— Il ne donne pas sa part au chien, murmura Cordouan. Et on parle de la sobriété des
Sibériens ! Il serait temps, je crois, de renvoyer
dans son pays, notre Kalmouck si nous ne vou-
lons pas le voir perdre sa belle sobriété.

L'automobile suivait une route parallèle à
la voie ferrée reliant Dawson à Juneau, ville
maritime située sur le Pacifique. Le terrain
allait en s'élevant peu à peu et laissait prévoir

la proximité de la chaîne de montagnes for-
mant une barrière au pays des champs d'or.
Bientôt, celles-ci se profilèrent à l'horizon. Le
temps était clair et le froid supportable, mais
quand, vers deux heures du soir, le véhicule
pénétra dans la Chilkoot-Pass, située à quinze
cents mètres au-dessus du niveau de la mer,
col qui donne passage à la route et au railway
de Dawson, une bourrasque violente, mêlée de
neige pulvérisée, vint fouetter la voiture. Heureusement bien abrités dans leur logette, les
automobilistes n'eurent pas trop à souffrir de
cette convulsion atmosphérique qui ne tarda
pas d'ailleurs à s'apaiser.

Le comte de Cordouan put examiner toutefois l'aspect grandiose des rochers surplombant
la passe, et qui s'entassaient les uns par-dessus les autres dans un désordre chaotique jusqu'à une altitude de plus de deux mille mètres.
Certains de ces rochers montraient leur struc-
ture granitique, le vent ayant balayé la neige
qui les recouvrait, tandis que les hauts sommets ne présentaient qu'un profil arrondi, dû
aux masses de neige permanentes qui s'y trou-
vaient accumulées.

— A propos, fit le jeune homme, est-ce que
les habitants t'ont fait des cadeaux, à toi ?

Chavail se tourna vers son ami.

— Tu dis, des cadeaux ?

— Oui, des souvenirs, si tu aimes mieux.
Moi, pour ne pas désobliger quelques admirateurs fanatiques, j'ai dû accepter une foule
d'objets plutôt disparates.

— Pas possible, et quoi donc ?

— Bien entendu, des objets en métal du pays
pour la plupart, ce qui leur donne plus de va-

leur. Ainsi, j'ai reçu un chronomètre avec sa
chaîne, plusieurs épingles de cravate, une tim-
bale, un couvert, puis un couteau de chasse,
une ceinture ornée de filigranes, et, enfin un
machin que je te donne en mille à deviner...

— Quoi donc ?... Une cafetière ou un chapeau
à haute forme peut-être ?...

— Tu n'y es pas. Un phonographe perfec-
tionné, avec une demi-douzaine de rouleaux ;
je te donnerai, si tu veux, une audition à notre
prochaine halte. Et tu sais, il est d'une puis-
sance extraordinaire. Un vrai Stentor ! Ce qu'il
hurle, on l'entendrait d'un kilomètre !

Le comte esquissa un geste d'effroi.

— Non, non, je te remercie. J'aime bien la
musique, mais pas hurlée par un phonographe.

— Bah ! dans le désert, à défaut de l'orches-
tre de l'Opéra ou de la musique de la Garde,
il faut savoir se contenter d'une harmonieuse
mélodie yankee.

— Oh ! oh ! harmonieuse, j'en doute !

— Veux-tu en juger ?

— Non, non, fit, avec un geste d'effroi comique, l'explorateur. Je préfère te croire sur
parole.

— Comme tu voudras ; alors, je remets l'audition à plus tard et je ne déclanche pas la mé-
canique.

Pendant un bon moment, la voiture continua
à rouler et Cordouan garda le silence, mais cela
ne pouvait durer longtemps, et il sauta à un
autre sujet.

— Dis donc, je voulais te demander, est-ce
que nous serons bientôt à moitié chemin ?

— De l'étape d'aujourd'hui ?

— Non, de notre voyage autour du monde.

— Nous avons franchi le 24 mars, le 180° degré à l'est du méridien de Paris, la veille de notre arrivée au cap Oriental, à l'extrémité de l'Asie, et parcouru par suite un hémisphère complet du globe, non pas en suivant un grand cercle, mais sensiblement le long du 55° parallèle nord. Nous commençons à traverser l'autre hémisphère pour revenir à notre point de départ.

Lucien de Cordouan fit claquer les doigts avec une profonde satisfaction.

— Alors, il y a du bon, fit-il, et bientôt nous serons revenus chez nous.

— Tu oublies, mon cher ami, que je me suis engagé à couper la ligne équinoxiale.

— Eh bien ! coupe-la. Tu n'as peut-être pas de couteau ? Veux-tu que je te prête celui dont les chercheurs d'or de Dawson m'ont gratifié ?...

Chavail ne put réprimer un sourire.

— Ecoute-moi au lieu de plaisanter. Il nous faut d'abord atteindre l'équateur, et pour cela faire à peu près autant de chemin en nous dirigeant constamment vers le sud-est que nous en avons fait jusqu'à présent.

— Et ensuite ?

— Ensuite, nous n'aurons plus qu'à traverser l'Atlantique en remontant au nord, puis l'Afrique et enfin l'Espagne.

— Rien que cela ! Allons, je le vois bien, mes tribulations que je croyais près de finir sont, au contraire, à peine commencées !... Mais parlons d'autre chose, maintenant. Est-ce que tu comptes emmener Wassili avec nous en Europe ?...

— Wassili ?... Tu ne le penses pas. Que ferais-je de lui là-bas ?... Et puis, il n'est rien moins

certain qu'il accepterait de nous suivre
qu'en France.

— Alors ?

— Je vais le conserver pendant la traversée
partles peu sûres du Nord-Amérique, car
nous serait d'une grande utilité en cas d'atta-
e des indigènes. Puis, lorsque nous attein-
ons des régions plus civilisées, par exemple
ligne du *Grand Central Pacific*, je le ré-
sédierai pour Port-Arthur *via* San-Francis-
A Port-Arthur, il prendra le transsibérien
ur regagner Iskoutsk, et, de là, Kirensk.

— Cela me paraît bien raisonné, pour une
s, comme dirait un Belge. Alors, faisons
mme le nègre, continuons !

Pendant toute cette journée du 29 mars, l'au-
mobile circula dans le massif des montagnes
rmant l'accès de la presqu'île alaskienne ; ce
fut qu'au moment où la nuit tombait, à trois
ures et demie du soir, que les voyageurs
rvinrent à sortir des défilés de la Chilkoot-
ss. Là, le chemin de fer décrivait une courbe
rs le sud-ouest, tandis qu'à l'est on pouvait
ercevoir au loin la vallée au fond de laquelle
rpentait le Youkon.

— Que faisons-nous, questionna Cordouan ?
st-ce que nous passons la nuit ici ?... Je crois
'il est prudent de ne pas nous risquer par
es chemins que nous ne connaissons pas pen-
ant une nuit aussi obscure.

— Je me suis renseigné à Dawson, répliqua
havail. Il paraît qu'il y a par ici un poste
employés du chemin de fer chargés de la sur-
eillance et de l'entretien de la ligne. Nous al-
ons essayer de découvrir ce poste et nous de-
anderons l'hospitalité.

— Faisons vite, en ce cas, parce que la nuit

promet d'être d'une opacité telle que, malgré
nos phares, nous risquons de n'y voir goutte et
ne pas apercevoir cette isba providentielle.

— Comme tu es prudent, ce soir ! Je ne te
reconnais plus, en vérité !

— Je suis plus prudent que toi, je te l'ai
vingt fois prouvé, je crois. Et puis je crève de
froid et j'ai une faim de cosaque.

— Voilà la vraie raison ! Je comprends tout
maintenant. Eh bien, cherchons !

Suivant toujours le chemin raboteux qui lon-
geait la voie ferrée, le comte ne tarda pas à distinguer dans l'ombre, qui allait s'épaississant,
la silhouette d'une sorte de chalet en troncs
d'arbres grossièrement équarris ; une vague
lueur filtrait à travers les fentes d'épais volets
de bois.

— Holà, quelqu'un ! cria Cordouan, en cor-
nant avec énergie, en même temps que Pignon,
réveillé, accompagnait les rauques mugisse-
ments de la trompe, d'aboiements formidables.

A ce fracas, dont le bruit du moteur for-
mait l'accompagnement, la lourde porte s'en-
tr'ouvrit, et un homme, enveloppé d'une épaisse
houppelande fourrée et coiffé d'une casquette
de cuir à visière cerclée de cuivre, apparut sur
le seuil, brandissant une lanterne au bout du
bras.

— Entrez, messieurs, je vous attendais, dit
poliment en anglais l'homme qui souleva sa
casquette.

— Vous nous attendiez !... fit, non sans stupéfaction, Cordouan en sautant à bas de la voiture, suivi de Wassili et de Pignon. Vous nous
attendiez !...

— Certainement, messieurs.

— Mais comment la chose peut-elle se faire?

Qui vous a prévenu de notre venue ?... interrogea encore le jeune homme en pénétrant dans la salle du poste où un énorme poêle de faïence, bourré de combustible, répandait une agréable chaleur.

— La chose est simple, répondit l'employé. Le poste est relié par le téléphone à la gare terminus de Dawson, et mon collègue m'a fait part, ce matin, après m'avoir transmis les ordres de service, de votre arrivée au Klondyke en automobile et de votre départ pour une nouvelle étape. Comme la seule route praticable pour quitter Dawson est celle qui suit la ligne, j'étais donc bien sûr de vous voir arriver à la tombée de la nuit, en supposant que votre machine marche aussi vite que nos trains. Je ne m'étais pas trompé, puisque vous voilà. Maintenant, messieurs, disposez de moi et de la maison ; tout est à votre service. J'ai été ravitaillé par le train d'hier et j'ai des provisions fraîches.

— Au contraire, c'est nous qui vous invitons, riposta Cordouan, car nous possédons tout ce quil' nous faut dans la voiture. Mais vous êtes seul ?...

— Je suis le chef du poste, j'ai cinq hommes sous mes ordres pour inspecter la voie et l'entretenir. Ils ne rentreront pas avant deux heures, car ils sont fort loin.

A ce moment, le comte de Chavail pénétra à son tour dans la salle. Son compagnon le mit au courant de la situation en quelques mots.

— Bien, bien, murmura-t-il. Nous aurons un abri pour la nuit, tant mieux.

— Tu ne parais cependant pas satisfait.

— Il y a de quoi, avec des jours aussi courts, un climat aussi rigoureux et un pays aussi

tourmenté ! C'est à peine si nous avons fait
cent kilomètres aujourd'hui !

— En effet, c'est ridiculement peu. Espérons
que l'on pourra se rattraper demain.

L'employé, un Américain qui répondait au
nom de Foster, s'occupa de préparer, aidé de
Wassili, le repas du soir, qui fut gaiement expédié dès que les sous-ordres furent de retour
de leur tournée. Le poste ne manquait pas de
chambres vides, mais il n'y avait pas de literie
disponible, et les Français allèrent chercher
dans la voiture leur matériel de couchage pour
l'installer auprès du poêle de faïence de la
grande salle.

Il était neuf heures du soir.

Soudain, en levant machinalement les yeux
vers la voûte céleste, où étincelaient avec un
incomparable éclat les constellations boréales,
Cordouan aperçut un nuage rougeâtre, d'aspect
singulier, qui couvrait d'un voile léger l'horizon du nord. Il appela Chavail pour lui faire
remarquer cette nuée bizarre. A son appel,
Foster et ses hommes sortirent également du
poste, malgré le froid. Ils examinèrent le ciel,
où la lueur gagnait de plus en plus d'espace.

— C'est une aurore ! déclara le chef de poste. J'ai l'habitude du phénomène. Cela commence toujours de cette façon. Dans une demi-heure, nous allons voir plus clair qu'en plein jour.
C'est notre soleil de minuit, à nous autres Ca-
nadiens !

Le comte de Cordouan parut frappé de la réflexion.

— Louis ! dit-il à demi-voix.

— Qu'y a-t-il ?

— Tu te plaignais tout à l'heure du peu de
route fait au cours de cette journée. Si on pro-

fitait de la clarté de l'aurore pour nous remettre en chemin et gagner encore quelques centaines de kilomètres ?

— Ma foi, c'est une idée ; je n'ai pas sommeil, et nous allons repartir !

Les jeunes gens firent part de leur résolution aux Américains. Ceux-ci s'efforcèrent d'abord de les dissuader, les engageant à ne pas s'exposer au froid terrible de la nuit, mais devant leur obstination, Foster leur offrit de les guider jusqu'à la plaine bordant le Youkon, ce que les Français acceptèrent de grand cœur. Après un dernier toast au succès du voyage, Foster prit place dans la loge vitrée à côté de Chavail, tandis que Lucien de Cordouan et Wassili se logeaient, tant bien que mal, dans l'étroit couloir ménagé entre les soutes.

Au moment où *Passe-Partout* démarrait, l'aurore boréale commençait à illuminer le ciel polaire. Ce n'était pas encore l'arc si souvent décrit, mais un serpent de lumière souple et ondoyant, variant constamment de forme et de couleur, et présentant, tantôt la teinte pâle et blafarde des rayons de la lune, tantôt l'aspect de longues draperies bleuâtres, roses, violettes et argentées. La scintillation se prolongeait de bas en haut, mêlant sa clarté mouvante à celle des étoiles brillantes qui pouvaient encore s'apercevoir à travers la spirale vaporeuse. Mais bientôt la lumière augmenta, et des fusées rapides jaillirent, se dirigeant vers le zénith comme dans un gigantesque bouquet de feu d'artifice et s'étendant bientôt sur la totalité de la voûte céleste. Au bout d'une heure, au moment où l'automobile atteignait le Youkon, l'aurore atteignit toute sa splendeur. Du

ciel se détachaient de longues franges descendant mollement et que l'on eût cru pouvoir
saisir avec les mains. Les rayons, d'une couleur verdâtre à leur base, rappelant la teinte
fluorescente d'une ampoule pour rayons X,
avaient, à leur extrémité supérieure, une nuan-
ce pourpre magnifique ; à certains moments, le
météore changeait subitement d'apparence ; la
lumière s'agglomérait sur certains points, for-
mant des amas ou plaques très brillantes, blan-
ches au centre de l'aurore, écarlates à la cir-
conférence. Un nombre infini de stries viola-
cées presque parallèles entre elles parcouraient
les rayons dans le sens du méridien magnéti-
que, et tout se transforma encore bientôt, tandis que, du sommet de la coupole lumineuse,
tombait une blanche clarté qui envahit tout le
ciel jusqu'à l'extrême horizon.

— Il fait presque aussi clair qu'en plein jour,
c'est admirable ! dit Cordouan.

— C'eût été regrettable, en vérité, de n'avoir
pas été témoin de ce magnifique phénomène,
ajouta son ami.

— C'est merveilleux, en effet, et je ne me
plains, ma foi, presque plus d'être venu traî-
ner mes snowboots dans ce pays effroyable, conclut le jeune homme, toujours le nez en l'air.

La plaine — ou mieux le plateau élevé où le
Youkon prend naissance — s'étendait nue et
glacée jusqu'aux confins de l'horizon. Le comte
de Chavail releva soigneusement, d'après la
boussole et la carte, la direction de la route
à suivre pour atteindre le fort de Selkirk, situé sous le 63° parallèle nord, à l'est-sud-est,
puis il remercia chaleureusement l'obligeant
Foster qui les quittait pour regagner son pos-

te. L'Américain serra vigoureusement la main
des Français, et remettant son rifle en bandoulière, il reprit d'un pas rapide le chemin de sa
cabane, tandis que l'automobile s'élançait dans
une direction opposée.

— Un brave homme, cet Américain, dit Cordouan. Et il n'a pas froid aux yeux, malgré les
30 degrés au-dessous de zéro qu'il fait, pour
s'en retourner ainsi tout seul, et franchir trois
lieues en plein désert.

— Bah ! il n'y a pas d'animaux féroces sous
ces hautes latitudes ! riposta le chef de l'expédition. Il n'a rien à craindre, sois-en certain.

L'aurore s'éteignit vers les trois heures du
matin, mais la lune parut peu après, répandant
sa clarté indécise sur le paysage. Cordouan rem-
plaça son compagnon au volant, pour lui per-
mettre de prendre quelques moments de repos et l'auto continua à rouler en deuxième vi-
tsse à la surface de la plaine glacée et stérile.

A midi, *Passe-Partout* s'arrêtait devant l'entrée du fort Selkirk, et, après les formalités
ordinaires, — plus écourtées toutefois qu'en
Russie et en Sibérie, — les automobilistes
étaient accueillis avec une franche cordialité
par le commandant Mac-Lean. Le comte de
Chavail ne voulait pas s'attarder, même dans
les délices de Capoue, mais force lui fut d'accepter l'hospitalité au fort Selkirk. Il en profita
pour refaire le plein de ses réservoirs et de ses
soutes. Bien que, situé presque sous la limite du
cercle polaire, le fort avait des magasins fort
bien approvisionnés, et les voyageurs y trouvèrent tout ce qui leur était indispensable pour
continuer leur route.

Le 30 mars, le comte de Chavail, profitant

des renseignements qui lui avaient été donnés par le commandant Mac-Lean sur le meilleur itinéraire à adopter, prit franchement la route du sud en suivant la frontière conventionnelle séparant le territoire de l'Alaska des Etats-Unis, et qui est tracée le long du 145 degré à l'ouest du méridien de Paris. L'auto laissa derrière lui le lac Francis et longea, pendant une centaine de kilomètres, la chaîne d'Or, suite de sommets neigeux que domine le mont Brown haut de 5.400 mètres. Le soir, il pénétrait dans la Colombie anglaise et s'arrêtait sur les bords d'une rivière salée.

— Est-ce que c'est un pays peuplé, la Colombie, demanda Cordouan. Jusqu'à présent, il me semble qu'il ne doit pas compter plus d'un demi-habitant par kilomètre carré.

— C'est à peu près la proportion, répondit en riant l'explorateur, car c'est à peine si cette vaste contrée compte plus de 200.000 habitants. Cependant elle contient de nombreuses mines de toutes sortes de métaux, susceptibles d'attirer l'avidité des prospecteurs. Il est vrai que le climat, qui diffère peu, du moins dans la partie septentrionale de celui de l'Alaska, n'est pas très engageant, mais il paraît qu'au sud il est un peu moins rude, ce qui a permis à l'agriculture d'y prendre un développement considérable.

Les voyageurs devaient se rendre compte, bientôt, de l'exactitude de cette assertion.

Abandonnant la route du sud, qui menait *Passe-Partout* droit au mont Saint-Elie qui dresse sa cime éternellement neigeuse à près de 6.000 mètres dans les airs, de Chavail dirigea sa course vers l'est, et, pendant huit heures de marche sous le pâle soleil boréal, qui disparu à trois heures et demie derrière un banc de nuages grisâtres, une distance de plus de trois cents kilomètres fut franchie. L'auto arrêta sa course sur les bords du lac Watchee, vaste étendue d'eau marécageuse au milieu d'un paysage d'aspect désolé.

Le lendemain, 1er avril, les voyageurs atteignirent les confins septentrionaux de la Prairie, dont Fenimore Cooper et ses émules ont décrit la sauvage grandeur et la monotonie. En l'absence d'aucune route tracée dans cette plaine sans fin, aussi immense que les solitudes de l'Océan, force était de se diriger à la boussole, et Chavail maintenait la route au sud-est dans le but de gagner l'un des forts isolés, élevés par les Américains au milieu de ces territoires encore à l'état sauvage. Mais ce ne fut que le lendemain soir, après une course ininterrompue de près de quatorze heures, au cours de laquelle plus de cent vingt lieues furent franchies, que le véhicule atteignit le fort Saint-James, où les Français, harassés, trouvèrent un accueil empressé.

Dès lors, la route au sud fut reprise, et, dans la journée du 3, l'auto passa successivement devant les forts Saint-Georges et Alexendria pour arriver le soir à Fort-Thomson. Le 4, dans la matinée, on fit rencontre de trappeurs, battant la prairie à la recherche des animaux à fourrure dont les peaux sont l'objet d'un commerce important, et le 5 au soir, la voiture termina son étape journalière au fort Okinakam, après avoir franchi, dans la journée, la ligne conventionnelle qui sépare la Colombie anglaise, cette provinse du Dominion du Canada, des Etats-Unis, le long du 48 degré de latitude nord.

En douze jours, *Passe-Partout* avait parcouru
3.800 kilomètres, soit un peu plus de cent
lieues par jour. C'était peu, mais les jours
étaient extrêmement courts sous ces latitudes
élevées du détroit de Behring et du Klondyke,
et l'on n'avait pu rouler plus de cent heures en
tout, ce qui donnait une moyenne horaire de
dix lieues à l'heure.

— Nous nous rattraperons quand nous serons au Mexique, dit le chef de l'expédition.
Là, nous trouverons de bonnes routes, et en
roulant douze heures par jour, j'espère que
nous pourrons atteindre des moyennes de cinq
cents à six cents kilomètres par jour.

— Et à cette allure, combien mettrons-nous
de temps à gagner les rivages de l'océan Atlantique où nous utiliserons notre « berthon » ?
interrogea Cordouan.

— J'espère que nous serons, le 15 avril prochain à Mexico ; huit jours plus tard à Pana-
ma, et, à la fin du mois, de l'autre côté de la
Cordillière. En une vingtaine de jours, nous
traverserons le vaste bassin du fleuve des A-
mazones, et, vers le 25 mai, nous apercevrons
les flots glauques de l'océan qui baigne les rivages de notre patrie.

— Espérons, murmura le jeune homme, que
tu ne te tromperas pas dans tes prévisions et
qu'aucune anicroche ne viendra nous retarder
pendant cet interminable parcours !

— Ne nous plaignons pas trop. Jusqu'à présent, cela a assez bien marché et notre brave
Passe-Partout a déjà dévoré plus de seize mille
kilomètres depuis Saint-Germain sans en être
trop incommodé.

— Quel appétit ! Heureusement qu'on a des
bibendum extra, hein mon vieux Pignon ?...

Le chien ainsi interpellé répondit par un petit grognement d'amitié.

Aux prairies interminables et desséchées succédait un pays accidenté et boisé. Laissant toutefois les plus importants chaînons des Montagnes Rocheuses, sur leur gauche, les voyageurs s'engagèrent à travers les ramifications des *Blue mountain*, — montagnes Bleues, — en évitant toutefois d'approcher des contreforts du mont Baker, haut de 3.400 mètres, et qui s'enchevêtraient sur une immense étendue hérissée d'impénétrables forêts.

Au fur et à mesure que l'on descendait vers le sud, la durée du jour allait en augmentant rapidement, en même temps que la température remontait. En arrivant au fort Okinakam, la durée du jour était déjà de douze heures, et, alors que les nuits étaient encore glaciales, à midi le thermomètre accusait 8° au-dessous de zéro.

Au désert de glace succédaient des contrées cultivées, et les agglomérations habitées se multipliaient le long du chemin. Princeton, Riparia, Pasco, dans une plaine arrosée par la rivière Columbia, Pendleton et Baker-city, virent passer l'automobile, qui, le 6 avril, arrivait à Vale dans l'Orégon, après avoir traversé, en quinze jours, le territoire de l'Alaska, la Colombie anglaise du nord, et l'état de Washington.

CHAPITRE XVI

L'ATTAQUE DANS LE DÉSERT

— Ainsi donc, nous réexpédions Wassili à Irkoutsk ?...

— Oui, il est inutile de l'emmener plus loin, où nous ne trouverions plus que difficilement à le rapatrier D'ailleurs, je crois que sa présence est maintenant superflue, car nous voilà en pays civilisé et nous n'avons plus de fauves à redouter.

— Bon ! en ce cas, conduis-nous au chemin de fer, qu'on me fourre cet homme-là en wagon, et qu'on ne le voie plus.

Cette conversation se tenait dans la logette vitrée de l'automobile le 8 avril, alors qu'un panache de fumée signalait au loin la présence d'une ville industrielle.

Poursuivant sa route vers le sud, *Passe-Partout* avait traversé l'Etat d'Idaho, en évitant sa capitale, Boisé-city, pour gagner Silver-City par la route de Nampa. Puis, après avoir franchi la rivière Snake sur un pont de madriers, il était parvenu à Tuscarora, à l'extrémité de la plaine pierreuse et stérile des Sauges. Evitant ensuite le Hat Butte, piton isolé se rattachant à la chaîne des monts Humboldt se profilant au sud, les voyageurs s'étaient arrêtés à Tecoma pour l'étape du soir.

Tecoma est une ville de l'Etat de Nevada qui compte 10.000 habitants. C'est une station du Grand Central Pacifique, qui traverse toute l'Amérique d'un Océan à l'autre, et relie New-York à San-Francisco à travers les prairies solitaires du Far-West. Tout autour de cette agglomération, et à des centaines de kilomètres dans toutes les directions, c'est le désert. Le chemin de fer, toutefois, lui apporte l'écho de la civilisation, les produits des manufactures de l'est, et les défrichements empiètent sur la nature sauvage partout où la chose est réalisable.

Comme à l'habitude, l'arrivée de l'automobile causa une vive sensation et c'est suivie d'une foule de curieux qu'elle arriva devant la gare du Grand Transaméricain où stationnait un train venant de San-Francisco.

Les voyageurs sautèrent sur le sol et Chavail stoppa le moteur.

Lucien de Cordouan pénétra ensuite dans la gare pour s'informer de l'heure d'arrivée du prochain convoi se dirigeant vers la côte du Pacifique. En possession de ce renseignement, il revint vers son ami.

— Il n'y aura un train pour « Frisco », — c'est l'abréviation du nom de San-Francisco, — que demain à quatre heures du soir, dit-il. Qu'allons-nous faire ?...

— D'abord chercher un hôtel-restaurant afin de souper et nous reposer, fit Chavail. Ensuite nous aviserons.

De la conversation qui eut lieu après le repas, il résultat que l'on conserverait Wassili encore une demi-journée, car il avait témoigné le désir de ne se séparer des deux « Françoses » qu'au dernier moment. Comme le meilleur itinéraire consistait encore à suivre le chemin de fer sans trop s'en écarter, on déposerait le marinier sibérien à la station d'Ogden, à midi.

Durant cette matinée, l'automobile, quittant Tecoma, traversa le désert pierreux en laissant au sud la chaîne de collines appelée *Shell creek ranges*, et c'est au moment où, ayant pénétré dans l'Utah et que se distinguaient à l'horizon les fumées des nombreuses usines d'Ogden, que Cordouan avait prononcé la phrase par laquelle nous avons commencé ce chapitre.

Les trois hommes dînèrent de bon appétit au restaurant-hôtel de la gare d'Ogden, puis le comte de Chavail compta au guide les gages qui avaient été convenus. Il ajouta à la somme une légère gratification et lui remit ses frais de voyage de retour, par San-Francisco, Yokohama et Okhotsk ou Wladivostock, largement calculés, puis, comme Wassili ne comprenait pas un mot d'anglais, il le recommanda chaleureusement au chef du train, pour, à l'arrivée à San-Francisco, l'adresser à une agence maritime qui se chargerait de son rapatriement.

— C'est entendu, je ferai le nécessaire ! promit l'employé.

Les jeunes gens n'avaient plus rien à faire ; ils échangèrent une dernière et cordiale poignée de mains avec le Sibérien, ému, et qui

balbatiait des remerciements. Et l'ayant enfermé dans un « Pulmann Car », ils regagnèrent en hâte leur véhicule.

— Où devons-nous coucher ce soir ? demanda Lucien.

— A l'ancienne capitale des Mormons, à la
Cité des Saints du dernier jour, répondit le
comte, en reprenant sa place au volant de direction.

— Et qui s'appelle aujourd'hui ?...

— Great-Salt-Lake city. En français, la ville
du Grand Lac salé.

— Nous en sommes encore très éloignés ?

— Une centaine de kilomètres. C'est l'affaire
de trois heures au plus.

— C'est une grande ville ce Great-Salt...
comment dis-tu ?...

— Great-Salt-Lake city compte quarante-
cinq mille habitants, mais les Mormons, les an-
ciens disciples de Smith et de Brigham Young,
ne s'y trouvent plus qu'en minorité et noyés
dans la foule des *gentils* qui ont été attirés depuis l'année 1853 dans ce site assez fertile. Le
commerce y est, paraît-il, important, et l'on y
voit de nombreux établissements métallurgi-
ques et industriels. D'ailleurs, nous allons bientôt pouvoir nous en rendre compte.

En effet, une heure après avoir quitté Ogden, le Grand Lac salé apparut aux yeux des
automobilistes. C'est une vaste nappe d'eau
amère mesurant plus de 6.000 kilomètres carrés, c'est-à-dire plus de quatre fois la surface
du lac de Genève, et qui s'étend sur une longueur de cent vingt-huit kilomètres et une
largeur de quarante-huit, sur le revers occi-
dental des monts Wasatch, à une altitude de
1.275 mètres au-dessus du niveau de la mer.

Elle reçoit plusieurs rivières, parmi lesquelles
le Jourdain, principal émissaire du lac d'Utah,
et dont le cours est barré par de nombreuses
îles. Les eaux amères du lac ne contiennent
aucun poisson, à peine quelques crustacés.

L'auto, venant du nord, longea la rive occidentale de cette vaste étendue d'eau que l'on
eût pu prendre pour une véritable mer intérieure, et, à vingt kilomètres au sud de son
extrémité méridionale, elle pénétra dans les
faubourgs de la Cité des Saints. Du premier
coup d'œil, les jeunes gens reconnurent la ville
américaine type, avec ses rues larges et se
coupant perpendiculairement comme les cases
d'un damier. Pour gagner le centre de la ville,
la voiture passa devant plusieurs monuments
plus remarquables par leurs proportions que
par le goût ayant présidé à leur décoration ex-
térieure. C'étaient le Musée, la Bibliothèque,
l'Université et la chapelle du culte méthodiste.
Enfin *Passe-Partout* se trouva sur une place
immense, bordée d'arbres et bien entretenue.
Son conducteur l'arrêta pour demander un renseignement et s'enquérir d'un hôtel quelconque. Mais quelle ne fut pas sa stupéfaction en
voyant que, là encore, le voyage de l'automobile
autour du monde était connu des habitants, qui
déjà se pressaient curieusement autour de la
voiture, la première bien certainement de ce
genre qui eût pénétré sur le territoire de l'U-
tah.

Mais tout s'expliqua bientôt. Le reporter du
Dawson Advertiser avait tenu parole et té-
légraphié aux agences de presse de New-York
la nouvelle de l'heureux passage du détroit de
Behring par les intrépides chauffeurs dès leur
arrivée en Amérique. Tous les journaux de l'U-

nion avaient, par suite, reproduit, en l'enjoli-
vant de détails inédits et qui faisaient le plus
grand honneur à l'imagination de leurs rédac-
teurs, cette annonce sensationnelle, si bien
qu'il n'était plus question, sur tout l'immense
territoire de l'*United States*, de l'Atlantique au
Pacifique, et du Cercle polaire au tropique du
Cancer, que de l'étonnante tentative des deux
Français. Le *Chicago Herald* avait même poussé
sa supériorité d'information sur ses confrères
jusqu'à donner en première page les portraits
des deux voyageurs, — portraits de haute fan-
taisie, il n'est pas besoin de le dire, — et qui
étaient encadrés d'un article non moins fantai-
siste.

Louis de Chavail et Lucien de Cordouan
étaient donc passés à l'état de célébrités mon-
diales, mais la curiosité des populations et leur
enthousiasme n'eussent pas tardé à devenir gê-
nants, si Cordouan, jamais à court d'idées, ne
s'était pas avisé de faire remarquer aux citoy-
ens de l'Utah, qui l'approuvèrent unanimement
d'ailleurs, qu'il ne fallait pas badiner avec une
chose aussi sérieuse qu'un pari. Le temps, c'est
de l'argent — *time saved is money gained,*
comme dit un proverbe américain, — et ils ne
pouvaient en distraire la moindre fraction,
même pour répondre comme il l'eût fallu aux
amabilités du grand peuple de l'Union. Grâce
à ce petit speech débité avec bonne humeur
par le joyeux Parisien, il put reconquérir sa
liberté de mouvement et aider son ami à remettre en état tout le mécanisme de l'automobile, qui, après une aussi longue randonnée,
avait besoin d'une sérieuse visite.

Le moteur était encore en aussi bon état
qu'au départ de Paris, malgré les innombrables

révolutions que son arbre avait dû effectuer, et c'était à peine si les têtes de bielles avaient pris un imperceptible jeu. Il fallut toutefois remplacer par des neufs les accumulateurs complètement déchargés. L'embrayage et la boîte de changement de vitesse furent visités ; le cuir de l'un et ses ressorts durent être remplacés, ainsi que deux pignons de l'autre, pour éviter tout ennui ultérieur en cours de route ; enfin les *bibendum*, usés jusqu'à l'âme, durent être entièrement changés aux quatre roues ; c'était miracle, en vérité, qu'ils eussent pu tenir jusque-là.

— Mais il ne nous reste plus maintenant qu'un unique jeu de pneus ! fit remarquer Cordouan. Comment ferons-nous lorsqu'ils seront usés à leur tour ?

— Rassure-toi, j'ai prévu la chose, répliqua l'explorateur. Avant de quitter Paris, j'ai passé à notre fournisseur de *bibendum* l'ordre d'expédier immédiatement un assortiment complet de chambres à air et d'enveloppes à Mexico, au Para et à Saint-Louis du Sénégal. De cette façon nous sommes assurés de ne pas manquer de pneus sur notre route.

— Pour une fois, je t'accorde mon approbation, bien qu'une semblable prévoyance m'étonne de ta part. Enfin, sans doute qu'à mon contact tu t'améliores, ce qui n'a rien d'impossible d'ailleurs.

Louis de Chavail se contenta de sourire, sans relever la boutade de son compagnon.

Le lendemain, étant un dimanche, le jeune homme retarda son départ de la cité du Lac salé jusqu'à trois heures de l'après-midi, la nuit ne devant pas se faire avant six heures du soir. D'ailleurs il ne comptait pas parcourir

une longue route, préférant franchir de jour
les savanes du Rio-Colorado, et c'est pourquoi
il s'arrêta à huit heures du soir dans une mo-
deste bourgade située au pied des derniers
contreforts des monts Wasalht et portant le
nom de Gunnison. Désormais, pendant des centaines de kilomètres, les déserts de l'Arizona
allaient étendre leurs solitudes devant les roues
de l'automobile. En prévision des difficultés
qu'il pourrait trouver à se ravitailler sur ce
long trajet, le comte avait embarqué une provision supplémentaire d'essence.

Toujours descendant au sud, *Passe-Partout*
suivi les méandres de la Green-river jusqu'à
son confluent avec le rio Colorado qu'il franchit sur un bac relié à une *traille*, long câble
tendu en travers du fleuve d'une rive à l'autre,
et réunissant les deux côtés de la route de
Great-Salt-Lake à Bluff city, petite ville agri-
cole assise au pied du mont Wilson dans une
situation extrêmement pittoresque.

Par un temps toujours remarquablement sec,
bien qu'un léger voile brumeux masquât le soleil, l'auto poursuivit sa route. Après avoir
traversé le rio San-Juan, tributaire du rio Colorado, sur un pont de bois rudimentaire, le véhicule dut franchir plusieurs ramifications des
montagnes Rocheuses qui profilaient leurs sommets dentelés à l'horizon de l'est, et, sans s'arrêter plus d'une heure à Pueblo Colorado, elle
s'élança à travers les savanes pour gagner la
Sierra Tunicha et Phœnix, capitale de l'Etat
d'Arizona.

Il fallut faire halte le soir au pied d'un remblai assez élevé supportant le tablier de la voie
ferrée reliant Saint-Louis dans l'Illinois à San-
ta-Barbara sur la côte ouest de la Californie.

à 500 kilomètres au sud de San-Francisco. La région paraissant déserte à perte de vue, Cordouan dut descendre la toile de tente et procéder à son montage à quelques pas de l'automobile, en un endroit où l'herbe était aussi courte que du gazon. Puis, comme son tour à être « de semaine » était revenu, il s'occupa de préparer le repas avec ce qui restait de provisions fraîches achetées à Great-Salt-Lake city.

— Il faudra m'accorder demain quelques heures pour remplir le garde-manger, dit-il à son compagnon. Un peu de venaison ne serait pas à dédaigner ; cela varierait le menu.

— Penses-tu que le pays soit giboyeux ? demanda Chavail en se servant une tranche de viande froide qu'il amena avec dextérité dans son assiette. Jusqu'à présent, je n'ai pas vu grand'chose.

— C'est parce que tu es trop accroché à ton volant. Tu écraserais un rhinocéros sans t'en apercevoir ! Mais moi qui ne suis pas si distrait, j'ai pu remarquer des foultitudes d'oiseaux et autres quadrupèdes dont j'introduirais volontiers quelques morceaux dans mon estomac, car certains me paraissent tout désignés pour une utilisation gastronomique.

— Eh bien ! c'est convenu, tu tâcheras de te montrer à la hauteur de la situation et bien employer ton temps.

Les deux compagnons avaient terminé leur repas, et déjà Lucien s'occupait de ranger son matériel dînatoire dans la soute de la voiture, quand soudain il se retourna.

— A propos, fit-il, veux-tu, afin de digérer en musique, que je déclanche le phono ?...

— Non, non, garde-t'en bien, s'écria le comte avec une crainte comique...

— Quoi, tu n'aimes plus la musique maintenant ?...

— Pas celle-là, certes ! Garde-la, je t'en prie, pour une meilleure occasion. Je préfère de beaucoup fumer un cigare en respirant cet air si pur des savanes.

Le comte ne se doutait certes pas que, le surlendemain, cet instrument dont il redoutait le son nasillard allait lui sauver la vie !

A neuf heures du soir, les deux amis se glissèrent sous leur abri de toile après avoir mis maître Pignon en sentinelle au dehors.

Il pouvait être deux heures du matin, les jeunes gens étaient plongés dans un sommeil profond et dormaient sans rêves, comme on dort à vingt ans, cet âge heureux et sans soucis, lorsque, sans que rien n'eût pu le faire prévoir, des gouttes d'eau, — larges comme des assiettes, n'eût pas manqué de dire Cordouan, — commencèrent à crépiter sur la toile de la tente avec le bruit d'un roulement de tambour exécuté par un maître tapin, puis, en moins de quelques minutes, ce fut une trombe, une avalanche, un déluge. On eût dit que le fond du réservoir des eaux célestes venait instantanément de manquer et que les cataractes éternelles se déversaient sur la contrée. En dix minutes, il y eut un demi-pied d'eau partout, et les piquets de la tente furent arrachés par les eaux furieuses.

— Ah ça, par exemple, est-ce que j'ai la berlue ? s'écria Cordouan, réveillé en sursaut. Je ne savais pas que j'allais en bateau dans mon lit !

Ces paroles se perdirent dans le mugissement des éléments déchaînés.

Il n'y avait pas une seconde à perdre, car le fragile abri de toile menaçait d'être bientôt emporté. A tâtons, car l'obscurité était absolue, les deux amis cherchèrent leurs vêtements et leurs chaussures, et, quand ils furent parvenus à les retrouver non sans peine, ils s'empressèrent de se réfugier dans l'automobile.

— Qu'est-ce que cela veut dire que ce cataclysme imprévu ? demanda Cordouan. Quand nous nous sommes couchés, le ciel ne semblait aucunement menaçant...

— Eh bien, c'est un échantillon des fameuses pluies de l'Arizona, répondit Chavail. J'ai lu quelque part que ce phénomène de pluie torrentielle se produisait fréquemment dans cette région à l'époque de l'année où nous sommes.

— Et cela dure longtemps ?...

— Il paraît heureusement que ces trombes d'eau sont éphémères. Mais quel déluge !...

En effet, une demi-heure s'était à peine écoulée que soudain, comme un robinet qu'on ferme, la pluie cessa brusquement de tomber, mais aussi loin que la vue pouvait porter la plaine paraissait inondée.

— Terminons notre nuit, tant bien que mal, dans l'auto, fit Cordouan. Nous verrons au jour ce qu'il y aura à faire. Est-ce que cela peut encore se reproduire, ce tintamarre ?...

— Je ne le pense pas, mais enfin il est plus prudent de rester ici.

Quand le jour revint, vers les six heures du matin, on put se rendre compte des dégâts produits par les eaux torrentueuses si subitement vomies par un ciel paraissant sans nuages. Le remblai supportant la ligne ferrée avait disparu ; les terres s'étaient effondrées, et à sa place un ravin avait été creusé, dans le fond duquel on pouvait apercevoir la voie disloquée, les rails tordus, les traverses éparses de tous les côtés.

— Eh bien ! cela en fait des ravages, la pluie, par ici ! s'écria, en levant les bras au ciel, le Parisien. Je plains les Compagnies de chemins de fer si le fait se reproduit souvent !...

— Et, ce qu'il y a de plus fort, ajouta Chavail, c'est que, maintenant, on ne se douterait pas qu'il est tombé une aussi formidable quantité d'eau que celle qui s'est abattue sur cette région il y a seulement quelques heures. La terre a déjà tout absorbé !

— En tout cas, il n'est pas prudent, je crois, de nous attarder dans ce damné pays. Déjeunons sur le pouce, et partons !...

— Pour une fois, tu émets une idée judicieuse, et nous allons immédiatement là mettre à exécution, déclara gravement le comte.

Les deux amis cassèrent donc la croûte, et quelques instants plus tard *Passe-Partout* démarrait, laissant en arrière ces parages peu hospitaliers.

Après avoir franchi, quelques kilomètres plus loin, la ligne ferrée en un endroit où elle était intacte et établie au niveau du sol, Chavail prit la route du Sud.

— Où allons-nous, aujourd'hui ? prononça insoucieusement Lucien.

— J'avais l'intention de me diriger sur la capitale de l'Arizona, Phœnix, mais comme il nous est possible de marcher deux jours sans nous ravitailler, nos provisions d'essence étant suffisantes, je crois que nous pouvons nous

risquer à traverser obliquement les savanes
pour gagner plus tôt le Mexique.

— Comme tu voudras, je me fie à toi pour
tâcher de raccourcir le trajet.

A midi, le véhicule vit sa route coupée par
le lit, heureusement presque à sec en certains
endroits, d'une petite rivière : la Salt-river,
ou rivière Salée. Avec de grandes précautions
pour éviter les fondrières, le jeune homme fit
franchir ce passage dangereux à l'automobile,
et une heure plus tard, il arriva à la bourgade
de Maricopa.

Vers quatre heures, on rencontra une nouvelle ligne de chemin de fer, parallèle à celle
qui avait été laissée en arrière le matin, et qui
la rejoignait d'ailleurs à une station intermé-
diaire : Los Angeles, l'une des plus belles villes
de Californie. *Passe-Partout* longea cette ligne
pendant une cinquantaine de kilomètres, et
l'étape journalière se termina à Tucson, ville
de 7.000 habitants.

— Aujourd'hui, dit Chavail, le lendemain 12
avril, en s'installant au volant, nous arriverons
au Mexique.

— Est-ce que tu me laisseras au moins le
temps de chasser ? Hier l'étape était trop longue pour que j'aie eu le temps de battre con-
venablement la plaine.

— Je te le promets, car nous n'avons pas
beaucoup plus de soixante lieues à parcourir.
Il est vrai que c'est dans une région des plus
accidentées : la Sierra Madre, pays de collines,
qui s'étend sur toute la frontière séparant
l'Etat d'Arizona de celui de la Sonora, appartenant aux Etats-Unis du Mexique.

Chavail n'exagérait pas, car la Sierra Madre

est un territoire montagneux dont l'aspect sauvage rappelle celui de certains sites des mon-

Fig. 3. — Une douzaine d'êtres hideux fondirent
par-dessus l'obstacle (Page 119)

tagnes Rocheuses. Mais il s'était minutieusement renseigné sur la voie la plus directe à
suivre pour atteindre Arispe, ville du Mexique
située sur l'autre versant, et il s'engagea hardiment dans les défilés rocailleux séparant les
montagnes les unes des autres, pour arriver à
une passe qui lui avait été indiquée comme la
plus praticable.

A midi, les voyageurs firent halte au sommet
de la côte que la voiture gravissait pénible-
ment depuis le matin, et déjeunèrent tranquil-
lement à plus de deux mille mètres d'altitude.
Autour d'eux, la solitude était complète, et les
vastes forêts qui couvraient les monts d'un tapis sombre paraissaient absolument désertes.

— En route ! fit enfin Chavail. Tu chasseras
dès que nous serons revenus dans la plaine.

Passe-Partout se remit en marche, et, peu à
peu, les déclivités s'accentuant, la vitesse s'ac-
céléra, bien que la route fût des plus défec-
tueuses. Mais, depuis longtemps, les voyageurs
étaient habitués aux trépidations et étaient
insensibles aux secousses. Toutefois, à plusieurs
reprises, le comte dut couper l'allumage et
freiner doucement.

La route allait en se rétrécissant de plus en
plus entre deux murailles de rochers vertica-
les, et la pente devenait inquiétante. On arrivait à la passe...

Soudain, à vingt mètres devant lui, Chavail
aperçut un obstacle barrant la route. Un arbre
tombé de vieillesse sans aucun doute. Avec la
rapidité de la pensée, il débraya et fit jouer
énergiquement les freins.

— Attention !... Gare au choc ! cria-t-il pour
avertir son ami.

Malgré l'action puissante des freins, le choc se produisit et l'avant-train butta contre le tronc d'arbre renversé, mais toutefois avec moins de violence qu'on eût pu le redouter, ce qui résultait de ce que, d'une rapide rotation imprimée au volant de direction, le comte avait braqué les roues suivant l'angle maximum.

L'automobile pivota sur elle-même, donna de la bande comme un navire qui s'engage, et versa, ses deux roues du côté gauche en l'air et tournant à vide.

Au même instant, comme si cet accident eût été préparé d'avance et son résultat prévu, l'air s'emplit de hurlements sauvages, et une douzaine d'êtres hideux, à demi nus, à la figure barbouillée de peintures barbares, qui étaient tapis en embuscade derrière l'arbre abattu, bondirent par-dessus cet obstacle en brandissant des haches affilées, et se ruèrent sur la voiture désemparée.

Les deux Français n'eurent pas le temps, tant leur saisissement fut grand, de décrocher leurs carabines suspendues derrière eux, car l'attaque fut subite et irrésistible. En moins d'un instant, ils furent arrachés hors de leur abri par une douzaine de mains brutales, ligotés à l'aide de solides lanières de cuir, et jetés violemment sur le sol, ni plus ni moins que des paquets encombrants, tandis que leurs assaillants, dans lesquels ils avaient pu reconnaître, grâce à leur costume plutôt sommaire et leurs peintures de guerre, une bande d'Indiens Peaux-Rouges appartenant à l'une des tribus vaguant sur les frontières des Etats-Unis et du Mexique, défonçaient à coups de hache l'arrière de l'automobile pour en commencer aussitôt le pillage.

Quel allait être le sort réservé aux deux jeunes gens par leurs féroces ennemis ?...

Il n'était pas douteux, étant données les habitudes cruelles de ces sauvages habitants des savanes.

Et, refoulant un sombre désespoir dans son cœur, pour ne penser qu'à son ami, le comte de Chavail attendit stoïquement la mort.

FIN DU TOME DEUXIÈME

TABLE DES MATIERES

Grande Imprimerie de Troyes, 126, rue Thiers

EXTRAIT DU CATALOGUE

LÉGISLATION

Les Codes Complets

LE VOLUME : 0 fr. 20 ; FRANCO-POSTE : 0 fr. 30

Les 9 volumes reliés en un seul, toile rouge, 2 fr. 50 net;
franco poste ou gare, 3 fr. 20

Lois Usuelles

Complémentaires des Codes. — Groupées dans l'ordre
alphabétique.

Suite des LOIS USUELLES : EN PRÉPARATION

EXTRAIT DU CATALOGUE

PETITE BIBLIOTHÈQUE AGRICOLE PRATIQUE

Publiée sous la direction de J. RAYNAUD

Directeur de l'Ecole pratique d'Agriculture de Fontaines
(Saône-et-Loire)

Un volume broché........... **0 fr. 20**

—   cartonné .... **0 fr. 35**

EXTRAIT DU CATALOGUE

EXTRAIT DU CATALOGUE

ROMANS DIVERS

EXTRAIT DU CATALOGUE

ROMANS DIVERS

EXTRAIT DU CATALOGUE

ROMANS DIVERS

Chez tous les libraires : 0 fr. 30 — Franco-poste : 0 fr. 30

EXTRAIT DU CATALOGUE

COLLECTION A.-L. GUYOT

PARIS. — 51, rue Monsieur-le-Prince, 51 — PARIS

ROMANS D'AVENTURES

Chez tous les libraires : 0 fr. 20. — Franco-poste : 0 fr. 25

ALGÉRIE, COLONIES ET ÉTRANGER : **25** CENTIMES (Port en plus)